Die drei ???® *Kids*

Mission Mars

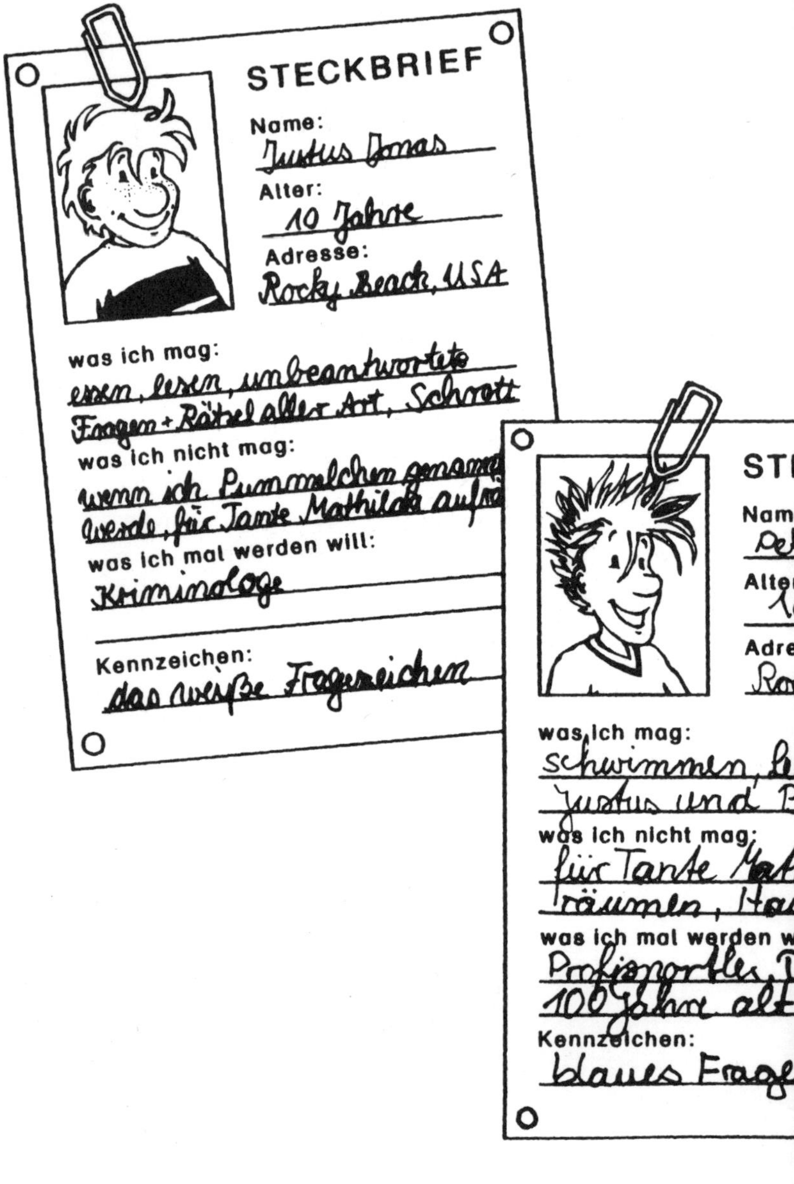
STECKBRIEF
Name:
Justus Jonas
Alter:
10 Jahre
Adresse:
Rocky Beach, USA
was ich mag:
unbeantwortete
essen, lesen,
Schrott
Fragen + Rätsel aller Art,
was ich nicht mag:
wenn ich Pummelchen
werde, für Tante Mathilda
was ich mal werden will:
Kriminologe
Kennzeichen:
das weiße Fragezeichen
was ich mag:
schwimmen,
Justus und
was ich nicht mag:
für Tante
räumen,
100 Jahre alt
Kennzeichen:
blaues

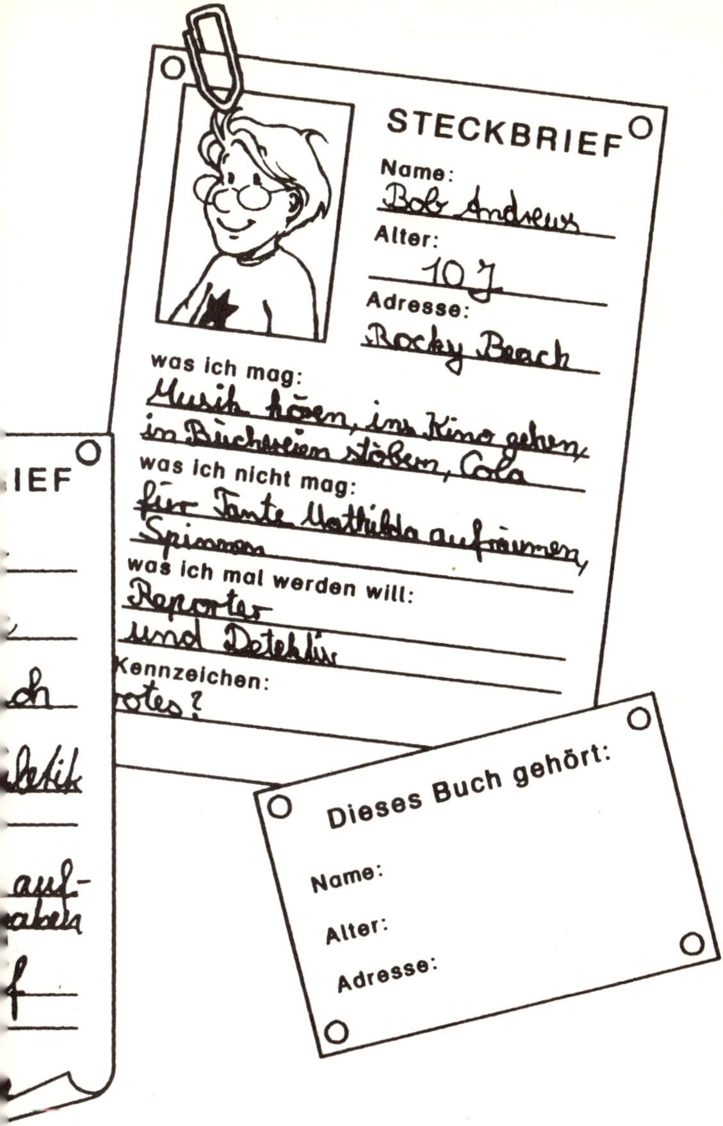
STECKBRIEF
Name:
Bob Andrews
Alter:
10 J.
Adresse:
Rocky Beach
was ich mag:
Musik hören, ins Kino gehen, in Büchereien stöbern, Cola
was ich nicht mag:
für Tante Mathilda aufräumen, Spinnen
was ich mal werden will:
Reporter und Detektiv
Kennzeichen:
Dieses Buch gehört:
Name:
Alter:
Adresse:

Boris Pfeiffer wurde 1964 in Berlin geboren, wo er auch heute noch lebt. Er arbeitete als Buchhändler und Antiquar, bevor er Landschaftsplanung und Linguistik studierte. Seit 1994 ist er am GRIPS Theater in Berlin tätig, hat verschiedene Theaterstücke und Drehbücher geschrieben und Regie geführt. Darüber hinaus engagiert er sich in der Kinder- und Jugendarbeit.

Die drei ???® *Kids*

Mission Mars

Erzählt von Boris Pfeiffer

Mit Illustrationen von Kim Schmidt

Deutscher Taschenbuch Verlag

Weitere ›Die drei ???® *Kids*‹-Bände sowie das gesamte lieferbare Programm von dtv junior und viele andere Informationen finden sich unter www.dtvjunior.de

MIX
Papier aus verantwortungsvollen Quellen
FSC® C019821

Ungekürzte Ausgabe 2013
Deutscher Taschenbuch Verlag GmbH & Co. KG, München
www.dtvjunior.de

Umschlagkonzept: Balk & Brumshagen
Umschlagbild: Kim Schmidt
Satz: Fotosatz Amann, Aichstetten
Gesetzt aus der Advert 11/18˙
Druck und Bindung: Druckerei C. H. Beck, Nördlingen
Gedruckt auf säurefreiem, chlorfrei gebleichtem Papier
Printed in Germany · ISBN 978-3-423-71555-3

Mission Mars

Fremde Welten

»Wahnsinn! Ist das wirklich wahr?« Peter Shaw lümmelte in einem ausrangierten Autositz neben dem Lattenzaun, der das Gebrauchtwarencenter von Titus Jonas umgab. Er hielt eine zerrissene Seite der *Rocky Beach Today* in der Hand, aus der Justus soeben einige Muscheln gewickelt hatte.

»Was denn?«, fragte Justus, während er die Muscheln auf den Verkaufstischen neben dem Eingang auslegte.

»Das mit dem Flug eines bemannten Raumschiffs zum Mars?«, murmelte Peter und las neugierig weiter.

Bob Andrews, der Dritte im Bunde der drei ???, schüttelte den Kopf. »Das glaube ich nicht. Die Atmosphäre auf dem Mars besteht zu 95 Prozent aus Kohlendioxid. Sauerstoff gibt es nur ganz wenig. Da oben kann kein Mensch existieren.«

»Aber«, überlegte Justus, »vielleicht gibt es da oben Rohstoffe zu entdecken? Und irgendwann gelingt es den Wissenschaftlern, aus dem Mars einen bewohnbaren Planeten zu machen. *Terraforming* nennt man das, glaube ich.«

Bob kicherte. »Tja, auf dem Mars wiegt man nur ein Drittel von dem, was man auf der Erde wiegt. Für dich wäre das natürlich ein echter Vorteil!«

»Sehr witzig!« Justus, der in der Tat ein wenig übergewichtig war, zeigte Bob einen Vogel. »Aber im Ernst. Irgendwann sind schon mal ein paar Sonden zum Mars geflogen und haben Fotos gemacht. Nur einen bemannten Flug gab es noch nicht.«

»Hier steht aber was darüber!« Peter zeigte auf den Artikel, der mit *Fremde Welten* überschrieben war. »Angeblich dauert so ein Flug nur einen Monat.«

Justus schüttelte sich. »Puh, einen Monat in einer Rakete eingesperrt! Da kriegen die Astronauten doch einen Weltraumkoller.«

Peter grinste. »Einen Monat lang nur Essen aus der Tube. Das wäre eine tolle Diät für dich, Just! Wenn du dann auf dem Mars ankommst, wärst du zum ersten Mal in deinem Leben nur noch ein Strich.«

TITUS'
SECOND HAND CENTER
FORD

Justus schwieg eisern auf die Anspielung. Na gut, er war dicker als seine beiden Freunde. Aber mit den Kräften seiner kleinen grauen Zellen hatte er seine fehlende Beweglichkeit schon mehr als einmal wieder wettgemacht.

Er musterte zufrieden die Muscheln. Die drei ??? hatten sie beim Tauchen gefunden, und da die Geschäfte des Gebrauchtwarencenters im Moment nicht besonders gut liefen, hatte sich Justus überlegt, dass ein paar schöne Exemplare für vorbeikommende Touristen interessant sein könnten.

»Trotzdem, der erste Mensch auf dem Mars! Das wäre was!«, rief Bob und blickt ebenfalls in die Zeitungsseite. »Was steht denn da noch, Peter?«

»Nicht mehr viel. Ein Teil von dem Artikel fehlt. Nur noch irgendwas von einem Professor Flaw. Der hat anscheinend für die NASA gearbeitet und das neue Raumschiff erfunden.«

»Ein Raumschiff mit einem Antriebssegel«, sagte Bob erstaunt. »Wie soll denn das gehen? Wie auf einem Surfbrett?«

Peter sah auf. »Keine Ahnung. Aber es wäre wirk-

lich cool, zum Mars zu surfen! Nur in einem Raumanzug auf einem riesigen Brett durchs Weltall.«

Justus grinste. »Na klar, Peter Shaw als der Silver Surfer! Ist das jetzt ein Bericht über eine richtige Weltraumexpedition oder nur eine verrückte Idee, wie es gehen könnte?« Er zupfte Peter die Zeitungsseite aus der Hand.

»He!«, rief Peter empört. Aber Justus ließ sich nicht stören. »Unglaublich. Angeblich hat dieser Flaw behauptet, er könne so ein Raumschiff wirklich bauen.«

»Vielleicht schafft er es ja. Das würde ich schon gerne sehen«, rief Bob.

Peter erhob sich ächzend aus dem Autositz. »Ich bleibe lieber auf der guten alten Erde. Wollen wir nicht ans Meer? Vielleicht finden wir noch ein paar Muscheln.«

Justus knüllte die Zeitung zusammen und nickte. Auch Bob war einverstanden. Die drei ??? liefen eben zu ihren Rädern, als es hupte und Onkel Titus mit seinem roten Pick-up auf den Hof gefahren kam. »Jungs«, rief er ihnen durch das heruntergekurbelte Fenster zu, »könntet ihr mir helfen, ein paar Sachen abzuholen? Ich habe ein echtes Schnäppchen gemacht.«

Justus seufzte ergeben und stellte sein Rad wieder ab. Seit er fünf Jahre alt war, lebte er bei seiner Tante Mathilda und seinem Onkel Titus. Damals waren seine Eltern bei einem Unfall ums Leben gekommen. »Klar, Onkel Titus! Was ist es denn diesmal?«

Titus Jonas lächelte breit. »Ihr werdet es nicht glauben! Bud Norris hat mir seine gesamte Kneipeneinrichtung verkauft.«

»Skinnys Vater?«, platzte Peter heraus. Skinny war der ewige Widersacher der drei ??? und sein Vater war auch nicht besonders gut auf Titus Jonas zu sprechen.

»Ja«, nickte Onkel Titus. »Wir sind ja nicht gerade Freunde. Aber er hat mir die gesamte Einrichtung für nur 400 Dollar angeboten. Das ist ein sehr guter Preis.«

»Warum verkauft denn Bud Norris seine Kneipeneinrichtung?«, fragte Justus neugierig. »Er will den Laden doch nicht etwa dichtmachen?«

Norris' Bar

Norris' Bar lag ein paar Straßen hinter dem Marktplatz in Rocky Beach. Als die drei ??? mit Onkel Titus ankamen, sahen sie Skinny, der eben dabei war, einen Stapel Stühle auf die Straße zu stellen.

»So ein Pech«, seufzte Bob, während Onkel Titus ausstieg. »Jetzt müssen wir uns auch noch mit Skinny auseinandersetzen.«

Was Bob meinte, war, dass Skinny normalerweise sofort Streit suchte, sobald er die drei ??? sah. Der etwas ältere Junge mit den rotblonden Haaren konnte es nicht ertragen, dass ausgerechnet *das Pummelchen*, wie er Justus am liebsten nannte, schlauer war als er.

Doch diesmal beachtete Skinny die drei ??? überhaupt nicht. Stattdessen schoss er sofort auf Onkel Titus zu. »Wo bleiben Sie denn? Mein Vater wartet schon seit zwei Stunden auf Sie! Nur weil Sie nicht rechtzeitig gekommen sind, muss *ich* jetzt die ganzen Stühle rausschleppen.«

Onkel Titus klopfte dem wütenden Jungen auf die Schulter. »Nun beruhige dich mal!« Er schüttelte den Kopf und wollte gerade in die Bar gehen, als ihm Bud Norris entgegenkam. »Halt! Kein Eintritt!«

Der Kneipenbesitzer baute sich vor der Tür auf und hob abwehrend die Hände. »Ab jetzt ist hier zu!« Er sah Skinny an. »Du machst drinnen weiter.«

Skinny nickte und verzog sich ins Innere. Dann wandte sich Bud Norris wieder Onkel Titus zu. »Warum sind Sie nicht pünktlich gekommen?«

Onkel Titus runzelte verärgert die Augenbrauen. »Ich habe gesagt, ich komme, sobald ich kann.«

»Von ihrem mickrigen Schrottplatz bis zu mir sind es höchstens zehn Minuten und ich warte seit drei Stunden! Ich weiß überhaupt nicht, ob ich Ihnen mein Inventar noch verkaufen soll.«

Im Pick-up schnappte Peter empört nach Luft. »Höflichkeit ist wirklich nicht Bud Norris' Sache.«

Justus nickte. »Allerdings«, murmelte er. »Aber eines ist klar. Der Mann hat keineswegs vor, seine Bar aufzugeben.«

Auf der Straße lächelte Onkel Titus höflich. »Wenn Sie nicht mehr verkaufen wollen, Norris, dann lassen Sie es eben bleiben. Aber ein zweites Mal komme ich bestimmt nicht.« Er wandte sich zum Gehen.

»Warten Sie, Jonas!« Bud Norris machte einen Schritt hinter Onkel Titus her.

»Was ist hier eigentlich im Gange?«, flüsterte Justus seinen Freunden zu. Aufmerksam spähte er über die Straße zur Bar hinüber. Die Vorhänge an den Fenstern der Bar waren geschlossen und es war nicht zu erkennen, was im Inneren vor sich ging.

»Vielleicht bauen sie um?«, überlegte Bob. »Oder bereiten ein Fest vor?«

»Aber das wäre doch kein so großes Geheimnis«, widersprach Peter. »Und deswegen verkauft man auch nicht seine Einrichtung.«

Justus zupfte nachdenklich an seiner Unterlippe.

»Los, wir versuchen es hintenrum!«, schlug er vor. »Ich bin einfach zu neugierig. Einverstanden?«

Bob und Peter nickten.

Schnell schlüpften die drei ??? aus dem Fahrerhäuschen des Pick-ups. Keiner achtete auf die drei Freunde, als sie um die Hausecke liefen.

Eine Sekunde später blieb Justus wie angewurzelt stehen. »Was ist das denn?«, rief er verblüfft.

Auch Bob und Peter starrten voller Verwunderung auf einen großen Lastwagen, der direkt hinter Norris' Bar geparkt war. Die Türen standen weit offen und auf der Ladefläche waren die merkwürdigsten Möbel zu sehen: Tische in Form von Felsblöcken und Stühle, die aussahen wie kleine Mondlandefähren. Sie hatten spinnenartig ausgebreitete Beine, die Sitzfläche war golden lackiert und die Lehne mit kleinen Kamera- und Scheinwerferattrappen bestückt.

»Das ist ja abgefahrenes Zeug!« Peter sah sich um. »Will Bud Norris damit seine Bar einrichten?«

»Sieht ganz so aus.« Justus ging näher an den Lastwagen heran und steckte den Kopf ins Innere.

Von der Decke hing eine riesige, rötliche und mit lauter Kratern übersäte Kugel. »Freunde! Das ist ein Modell vom Mars!«, rief er. »Wisst ihr, was ich glaube? Bud Norris richtet seine Kneipe als *Mars-Bar* ein. So richtig weltraummäßig.«

»Cool«, entfuhr es Bob. »So etwas habe ich noch nie gesehen. Und schaut mal da!« Er deutete auf einen Raumanzug, der in einer Ecke der Ladefläche stand. Vorne am Anzug waren mehrere Tasten angebracht, auf denen seltsame Namen standen: *Venus-Lemon*, *Mars-Coke* und *Jupiter-Orange*.

»Was soll das denn sein?«, rätselte Bob.

Justus grinste genießerisch. »Wenn du mich fragst, sieht das aus wie ein Getränkeautomat.« Er leckte sich die Lippen. »Bestimmt sind das alles Limonaden. So eine würde ich zu gerne mal probieren.«

Er sah sich kurz um und kletterte dann in den Laster.

»Just, bist du verrückt!«, rief Peter erschrocken. »Komm da sofort wieder raus. Der Automat ist doch gar nicht angeschlossen und außerdem dürfen wir da nicht einfach rein und uns bedienen.«

Im selben Moment wurden hinter Peter und Bob Stimmen laut. »Los, los! Die Einrichtung muss fertig werden. Wir haben nur noch drei Tage Zeit!«

Peter fuhr zusammen. »Just, komm raus!«

Aber es war zu spät. Hinter den Freunden tauch-

ten bereits einige Männer im Hintereingang von Norris' Bar auf. Bob und Peter gelang es gerade noch, sich mit einem schnellen Sprung unter dem Laster zu verstecken. Mucksmäuschenstill kauerten sie sich eng zusammen.

»Wer hat denn die Tür offen gelassen?«, rief einer der Männer aufgebracht. Er war blond, hatte eisblaue Augen, trug einen grauen Nadelstreifenanzug und einen braunen Hut. »Das gefällt mir überhaupt nicht. Man kann alles sehen. Ab jetzt wird die Tür des Lkw nach jedem Transport ordentlich zugemacht und verschlossen! Ist das klar?«

»Klar, Mr Spout!« Die übrigen Männer kamen heran und hoben einige der Mondfährenstühle heraus. Dann verschlossen sie die Tür hinter sich und trugen die Sitze in die Bar.

Starr vor Schreck lagen Bob und Peter unter dem Lastwagen. Sie waren unbemerkt geblieben. Aber über ihnen saß Justus in der Falle.

Ein schwerer Planet

»Was machen wir denn jetzt?« Hilfe suchend sah Peter Bob an.

Der kroch bereits unter dem Laster hervor und rüttelte an der Tür. »Verflixt, abgeschlossen.« Er sah zur Hintertür der Bar. Von den Männern war nichts zu sehen. »Justus?«, rief er leise. »Kannst du mich hören?«

»Ja«, erklang es aus dem Laster. »Aber ich komme hier nicht raus. Ich bin eingeschlossen.«

»Die Männer kommen bestimmt gleich wieder«, rief Peter. »Kannst du von drinnen wirklich nichts machen?«

»Nein«, sagte Justus, »außer vielleicht …«

Im Inneren des Lasters rumpelte es. »Okay«, rief Justus' Stimme, die jetzt plötzlich ganz dumpf klang. »Versteckt euch! Ich glaube, ich bin in Sicherheit. Aber ich werde mich in die Bar bringen lassen müssen. Ihr müsst die Arbeiter dann nur noch so ablenken, dass ich da wieder rauskomme.«

»Was meint er denn damit?« Peter war ganz weiß im Gesicht. Doch da näherten sich auch schon Mr Spout und seine Leute. Schnell krochen Peter und Bob noch einmal unter den Laster.

»Los, Männer«, befahl Mr Spout. »Wir müssen hier fertig werden und dann schleunigst zurück zur Zentrale. Dort wartet noch ein Haufen Arbeit.«

Bob und Peter hörten, wie die Tür des Lasters geöffnet und die Ladefläche leer geräumt wurde. »Uff«, keuchte eine Stimme. »Diese Kugel ist aber schwer. Hätten sie die nicht etwas leichter bauen können?«

Bob verkniff sich ein Grinsen. »Ich glaube, ich weiß, wo Just steckt«, flüsterte er und lugte unter dem Laster hervor. Vor seinen Augen wuchteten zwei stattliche Männer den künstlichen Mars in die Kneipe.

Bob hatte richtig geraten. Justus Jonas lag in der roten Kugel und presste sich mit Händen und Füßen an die Wand, um nicht herumgeschleudert zu werden. Zum Glück hatte er noch rechtzeitig entdeckt, dass die Kugel innen hohl war und aus mehreren

beweglichen Gliedern bestand, sodass er sich in das Innere des Planetenmodells hatte zwängen können. Durch einen winzigen Spalt sah er den Fußboden vorbeiziehen. Dann wurde die Kugel abgestellt.

»Wohin kommt die, Mr Spout?«

»An die Decke. Aber das macht ihr zuletzt. Jetzt werden erst die Bildschirme an allen Seiten aufgebaut. Die Leute sollen das Gefühl bekommen, mittendrin und live dabei zu sein. Der Mars ist nur Dekoration. Entscheidend sind die Bildschirme. Alles muss gut zu sehen sein.«

Justus sah den blonden Mann in seiner Nähe auftauchen. »Mr Norris!«, rief dieser. »Wann räumen Sie den alten Kram hier endlich raus?«

»Sofort, Mr Spout«, rief Bud Norris' Stimme. »Der elende Schrotthändler hat sich verspätet und ich will ihn hier nicht reinlassen. Mein Sohn ist schon dabei, die Sachen rauszutragen.«

»Natürlich darf der Schrotthändler hier nicht rein!«, fuhr Mr Spout auf. »Männer«, er sah seine Leute an, »packt an! Norris' Sohn ist ja langsamer als eine Schnecke.«

Justus musste grinsen, als er Skinny sah, der mit hochrotem Kopf nach einem Tisch griff.

Mr Spout blickte Bud Norris an. »In drei Tagen ist es so weit. Endlich.«

»Und ich habe die Rechte in Rocky Beach ganz alleine für mich«, rief Bud Norris.

»Sie haben schließlich als Erster bezahlt«, bestätigte Mr Spout. »Trotzdem behält sich *Explorer Enterprises* vor, die Fernsehrechte in Zukunft auch anderen zahlungskräftigen Kunden anzubieten. Wir gehen fest davon aus, dass Rocky Beach die erste

Marssiedlung in den USA wird.« Er überlegte kurz. »Sagten Sie eben, dass da draußen ein Schrotthändler wartet?«

»Ja«, nickte Norris. »Ein wirklich dummer Kerl.«

»Dumm?« Mr Spout grinste. »Die Dummen sind mir die Liebsten, Mr Norris.«

Justus schluckte. Was sollten denn diese Beleidigungen bedeuten?

»Aber Mr Spout!«, rief Bud Norris. »Sie sagen doch Titus Jonas nichts von dem Raumschiff?«

Mr Spout trat schnell auf Norris zu. »Kein Wort mehr davon. Sie haben unterschrieben, dass Sie strengstes Stillschweigen bewahren. Wenn nicht, kostet Sie das 50 000 Dollar Strafe!«

Bud Norris lachte. »Nie und nimmer werde ich etwas verraten! Dass Sie sich ausgerechnet meine Bar als Übertragungsort ausgesucht haben, ist wirklich ein unglaubliches Glück für mich! Das setze ich bestimmt nicht aufs Spiel.«

Justus war hellwach. Was redeten die da? Das klang ja hochinteressant.

Langsam knetete er seine Unterlippe. Er musste

so schnell wie möglich hier raus und zurück zu seinen Freunden.

In diesem Moment war vor der Tür ein lautes Poltern zu hören. »Was ist da los?«, rief Mr Spout.

Im selben Augenblick brüllte Skinny: »Wer hat euch blöden Angebern erlaubt rumzuschnüffeln? Ihr habt hier nichts verloren!«

Mr Spout und Bud Norris liefen nach draußen. Norris' Bar war jetzt verlassen. Schnell krabbelte Justus aus der Kugel.

Er sah sich um. Die Einrichtung hatte sich tatsächlich erheblich verändert. Statt der alten Holzstühle und Tische standen überall im Raum Modelle von Raumschiffen und Mondlandefähren. Dazwischen jede Menge rote Tische, die wie fremdartige Felsen geformt waren. Der lange Tresen war ebenfalls rostrot und hatte die Form eines Kometen mit einem langen Feuerschweif. Dazu prangten schwarze Tapeten an den Wänden und dazwischen glänzten die größten Fernsehbildschirme, die Justus je gesehen hatte. Norris' Bar war ohne Zweifel die modernste Bar in ganz Rocky Beach!

Dann fiel sein Blick auf den Getränkeautomaten. Der Apparat blinkte in mehreren Farben, und das konnte nur heißen, dass er bereits angeschlossen war.

Der Anführer der drei ??? lief darauf zu und betätigte eine Taste. Mit einem leisen Klicken öffnete sich das Visier des Marshelms und eine mit Eisperlen besetzte, violette Dose rutschte heraus. *Mars-Coke,* stand in grünen Leuchtbuchstaben darauf. Justus fing sie auf. Dann machte er, dass er davonkam. Schnell lief er durch den Hinterausgang ins Freie und spähte um die Ecke.

Vor Norris' Bar standen Mr Spout und Bud Norris zusammen mit Peter und Bob. Skinny zeigte auf die beiden Freunde. »Wo die auftauchen, gibt es immer Ärger! Sie wollten einfach an mir vorbei in die Bar!«

Justus steckte die kalte Dose in seine Jackentasche und trat aus dem Schatten. »Aber Skinny! Wir sind doch nur hier, um meinem Onkel zu helfen.

Entschuldigen Sie, Sir!« Er nickte Mr Spout zu. »Mein Onkel Titus ist der größte Gebrauchtwarenhändler hier im Ort. Wenn Sie mal etwas suchen, kommen Sie gerne vorbei! Wir sind die größte Touristenattraktion, was Altwaren angeht.«

»Aha!« Mr Spout sah Onkel Titus interessiert an.

»Ja, natürlich«, nickte Onkel Titus. »Aber jetzt wollen wir mal wieder. Ihre Männer haben ja alles aufgeladen. Kommt, Jungs.« Er winkte den drei ??? zu und öffnete die Tür des Pick-ups.

»Was redest du denn da für Zeug?«, wollte Bob wissen. »Touristenattraktion! Willst du denen etwa Muscheln verkaufen?«

»Das erkläre ich euch später«, flüsterte Justus. »Ich weiß noch nicht genau, was hier los ist. Aber ich habe das deutliche Gefühl, dass wir in ein kriminelles Wespennest gestochen haben.«

Gefährliche Gegner

Nachdem die drei ??? Onkel Titus beim Abladen des Inventars geholfen hatten, zogen sie sich in Justus' Zimmer zurück.

Peter und Bob hielten es kaum noch aus vor Neugierde. »Was war denn dadrin los? Und wie bist du aus der Kugel entkommen?«

»Dank eurer Hilfe! Gut gemacht, Freunde!« Justus lächelte breit und berichtete dann ausführlich. Zu guter Letzt zog er die lila Dose mit den leuchtenden Buchstaben *Mars-Coke* aus der Tasche. »Wenn ich mich nicht täusche, sind wir einem Weltraumabenteuer auf der Spur«, meinte er bedächtig.

»Oh Mann, Just«, stöhnte Peter. »Bud Norris richtet seine Bar neu ein und für dich ist das gleich ein Weltraumabenteuer. Manchmal übertreibst du wirklich mit deinem detektivischen Spürsinn! Außerdem ist die Dose geklaut und das ist nicht rechtens.«

»Ich habe sie ja nicht ausgetrunken«, widersprach Justus. »Und außerdem ist sie vielleicht ein wichtiges Beweisstück! Wozu sind wohl die vielen Bildschirme in der Bar gedacht? Da ist irgendwas geplant. Und das klingt ganz nach einem Raumflug.«

»So ein Unsinn!«, rief Peter. »Ein Raumflug interessiert die ganze Welt. Das wäre längst überall bekannt.«

»Aber ich habe das Wort ›Raumschiff‹ ganz deutlich gehört!«, rief Justus.

Peter stöhnte. »Vielleicht meinten sie mit Raumschiff ja auch nur die Bar? So wie wir unser Geheimversteck ›Kaffeekanne‹ nennen.«

Justus nagte an seiner Unterlippe und starrte erneut auf die lila Dose.

Dann hielt er sie sich plötzlich dicht vor die Nase und studierte die Aufschrift. »Hergestellt von *Expedition Enterprises*«, las er vor. »Kennt ihr die Firma?«

»Nein«, sagte Peter.

»Ich auch nicht«, erklärte Bob. »Steht da keine Adresse drauf?«

Justus schüttelte den Kopf. »Nur eine Internetseite. *ES-Expedition-Enterprises.*«

Bob sprang auf. »Wenn wir uns beeilen, schaffen wir es noch an den Computer in der Bibliothek, bevor Miss Bennett zumacht!« Miss Bennett war die Bibliothekarin der Stadtbibliothek und Bob, der dort viel Zeit mit Nachforschungen verbrachte, war ihr ausgesprochener Lieblingsleser.

Justus schob die Dose in die Jackentasche und sprang ebenfalls auf. »Dann los!«

Schnell liefen die drei ??? nach unten. Auf dem Küchentisch stand ein dampfender Kirschkuchen und verströmte einen herrlichen Duft.

»Oh!« Peter blieb stehen. »Deine Tante hat gebacken, Just!«

Auch Justus sah den Kuchen begehrlich an. »Tante Mathilda?«, rief er.

»Jungs! Da seid ihr ja!« Tante Mathilda steckte den Kopf in die Küche. »Der Kuchen ist für euch, weil ihr so fleißig geholfen habt. Aber stört jetzt nicht weiter, Titus und ich müssen rechnen.« Und damit verschwand sie wieder.

Betreten senkte Justus den Kopf. »Ich hoffe nur, Onkel Titus hat sich mit dem Kauf bei Bud Norris nicht übernommen! In letzter Zeit verkauft er sehr wenig.«

Bob und Peter sahen Justus voller Mitleid an. Die Geschäfte auf dem Schrottplatz liefen nicht immer gut und dann machte Justus sich um seinen Onkel und seine Tante Sorgen.

Im selben Moment hörten die Freunde, wie ein Auto auf den Hof fuhr. Peter sah aus der Verandatür. »Was ist denn das für ein Luxusschlitten?«, rief er und trat hinaus. Bob und Justus folgten ihm.

Eine große, graue Limousine fuhr auf den Hof. Sie hielt direkt vor den drei ??? an und zu ihrer Überraschung stieg Mr Spout aus.

»Das ist also eure Touristenattraktion?«, sagte er stirnrunzelnd. »Habe ich das richtig verstanden?«

Justus schluckte. »Ja, wir sind zwar noch in den Anfängen, aber der Platz liegt ausgezeichnet. Jeder, der Rocky Beach besucht, kommt hier vorbei!«

»Wer es glaubt, wird selig!« Mr Spout sah Justus spöttisch an. Dann zog er eine schmale Videokamera aus der Tasche und richtete sie direkt auf Justus. »Lass dich nicht stören, wenn ich filme. Das ist ein Hobby von mir.« Mr Spout lächelte und schwenkte die Kamera über die Schrottberge. »Also, was hast du von den Arbeiten in der Bar mitbekommen?«

Es sah ganz so aus, als hätte Mr Spout Justus überrascht. Der Anführer der drei ??? wurde puterrot. Doch Mr Spout kannte dessen ausgezeichnete schauspielerische Fähigkeiten nicht.

»Entschuldigen Sie, Sir«, sagte Justus jetzt leise, als schäme er sich unendlich, in die Kamera zu blicken. »Ich habe tatsächlich mitbekommen, dass Sie Mr Norris seine Bar neu einrichten.«

Mr Spout nickte bedächtig. »Aha, so ist das also. Und was hast du da genau gehört?«

Justus blies die Wangen auf. Dann sagte er nachdenklich: »Na, dass Sie der Chef sind! Und da dachte ich, es kommen so selten wirklich gute Geschäftsleute in unser Küstenstädtchen, dass ich Sie einfach fragen musste, ob Sie nicht auch mit meinem Onkel zusammenarbeiten wollen? Ich bin sicher, er ist mindestens ein so guter Geschäftspartner wie Bud Norris.«

Mr Spouts eisblauer Blick schien sich durch die Kamera in Justus' Augen zu bohren. »Junge«, sagte er leise. »Du hattest dort nichts zu suchen. Und eigentlich müsste ich dich und deine Freunde anzeigen wegen Hausfriedensbruch und Schnüffelei.«

»Aber wir haben nichts Verbotenes getan«, rief Bob.

»Ganz gewiss nicht«, fügte Peter hinzu.

Mr Spout lächelte kühl. »Ich vermute, dass wir das auch unter uns geregelt bekommen. Ja, Bud Norris ist mein Partner. Und ich lade euch ein, ebenfalls an unserer Aktion teilzunehmen.« Unvermittelt stellte Mr Spout die Kamera auf dem Dach seines Wagen ab und zog drei Eintrittskarten aus der Tasche, die er den drei ??? überreichte.

»Kommt zur Eröffnung von Norris' Bar. Dann werdet ihr alles live miterleben. Es wird euer Leben verändern.« Er lächelte undurchsichtig. »Aber sagt mal, Jungs, wie lebt es sich eigentlich zwischen all dem Schrott hier?«

»Wie bitte?« Jetzt war Justus wirklich verblüfft. Dann sagte er schnell: »Es ist unser täglich Brot. Eigentlich ist es ja kein Schrott, sondern es sind Wertstoffe, die sich alle wiederverwenden lassen.«

Mr Spout nickte. »Ach so, und du meinst also, ich soll deinem Onkel etwas Schrott abkaufen?«

»Das wäre große Klasse!«, nickte Justus. »Es ist der beste Schrott, den Sie kriegen können.«

Mr Spout lächelte wieder. »Ich denke, da hast du recht, und ich denke, ich werde kommen und etwas kaufen. Aber nicht gleich. Könnt ihr drei noch ein paar Tage Stillschweigen bewahren? Das wäre nämlich sehr wichtig für uns alle!«

Die drei ??? nickten.

»Ganz bestimmt«, sagte Justus. »Sie können sich auf uns verlassen. Wir schweigen wie ein Grab.«

»Wie ein Grab«, flüsterte Mr Spout zufrieden. Er nahm seine Videokamera vom Autodach, steckte sie ein und öffnete die Tür seiner edlen Limousine. »Grüß deinen Onkel von mir!«, rief er, stieg ein und fuhr davon.

Bob atmete hörbar aus. »Was ist denn das für ein Irrer? Worüber sollen wir Stillschweigen bewahren? Und warum filmt der alles?«

Justus sah Bob unruhig an. »Ich habe nicht die geringste Ahnung«, gab er zu. »Aber offenbar will er Schrott kaufen.«

»Ja, um uns zum Schweigen zu bringen. Die Drohung dahinter war doch offensichtlich!« Peter keuchte. »Und er filmt uns natürlich, um Beweismaterial zu haben. Jetzt sitzen wir schön in der Falle. Was hast du dir nur dabei gedacht, Just?«

»Ich habe gedacht, er würde uns verraten, was in Bud Norris' Bar vor sich geht«, sagte Justus ruhig.

»Große Klasse!«, schimpfte Peter. »Stattdessen hat er uns angeboten, uns anzuzeigen.«

»Ein merkwürdiger Typ«, urteilte Bob. »Ich frage mich, was er wirklich will!«

»Wir werden rausfinden, was hier vorgeht«, erklärte Justus mit Nachdruck. »Wieso richtet ein Geschäftsmann wie Mr Spout eine hochmoderne *Mars-Bar* ein und kauft gleichzeitig alten Schrott? Das passt doch nicht zusammen, oder?«

Stunde null

Die Bibliothekarin, Miss Bennett, empfing die drei ??? hinter einem gewaltigen Stapel Bücher.

»Bob Andrews«, rief sie erfreut. »Mein liebster Kunde! Was treibt euch denn jetzt noch her?«

»Hallo, Miss Bennett«, antwortete Bob geschmeichelt. »Wir wollten nur kurz ins Internet. Wir sind auf der Suche nach ...«

»Einer Hausaufgabenseite!«, schaltete sich Justus ein und zupfte Bob am Ärmel. »Wir müssen für den Mathematikunterricht ...«

Miss Bennett hob die Hände. »Bitte, Jungs! Keine Mathematik so kurz vor Feierabend. Ich mache den Stapel hier fertig. So lange habt ihr noch Zeit.«

Unmittelbar darauf saßen die Freunde vor dem Bildschirm und Bob gab die Internetadresse ein, die auf der Dose aufgedruckt war. Doch als der Bildschirm sich aufgebaut hatte, seufzte er enttäuscht. Auf der Seite stand nur *Diese Seite ist noch im Aufbau* und darunter lief eine Uhr rückwärts.

Justus dagegen starrte fasziniert auf den Bildschirm. »Interessant«, murmelte er.

»Was ist denn daran so spannend?«, fragte Peter und verzog das Gesicht.

»Der rückwärtslaufende Zeitmesser«, erklärte Justus. »Das nennt man auch einen Countdown.«

»Das weiß ich selber«, fuhr Peter genervt auf.

»Dann wirst du sicherlich auch erkennen, dass der Countdown gerade bei 41 Stunden, 29 Minuten und 3 Sekunden ist«, erklärte Justus gelassen. »Und das bedeutet, dass der Start, von jetzt an gerechnet, am Sonntag um zwölf Uhr stattfinden wird.« Er zog die Eintrittskarten von Mr Spout aus der Tasche und reichte sie Bob. »Und jetzt seht euch das an.«

»Elf Uhr!«, sagte Bob. »Norris' Bar wird um elf Uhr eröffnet!«

Peter schüttelte den Kopf. »Na und? Das ist eine ganze Stunde Unterschied.«

»Natürlich«, rief Justus. »Um elf kommen die Gäste. Um zwölf ist der Start.«

»Ich höre immer Start, Just.« Peter schüttelte den Kopf. »Aber alles, was hier startet, ist eine langweilige Internetseite. Du sprichst so, als ob es eine Rakete wäre!«

»Genau«, rief Justus. »Schließlich zählt man einen Countdown normalerweise bei einem Raketenstart.«

»Na klar! Ich weiß jetzt, worum es geht«, kicherte Peter. »Dieser Mr Spout hat eine Rakete gebaut, die am Sonntag um zwölf abhebt. Das Ganze sieht man bei Bud Norris in der Bar. Und dazu trinkt man Mr Spouts Limonade. Die Rakete dient wahrscheinlich dazu, Schrott von der Erde ins Weltall zu transportieren! Okay, Freunde, der Fall ist gelöst. Es gibt nämlich gar keinen!«

Justus schüttelte verärgert den Kopf. »Wer weiß, Peter. Alles ist möglich.«

Der Anführer der drei ??? beugte sich vor und gab etwas in die Suchmaske für das Internet ein. Dann klickte er. »Da!« Justus überflog die Seite mit den Ergebnissen und klickte erneut. Vor den drei ??? erschien ein Bild von Mr Spout.

»Everest Spout«, las Bob verblüfft vor. »Wie hast du denn das jetzt gefunden?«

»Reine Vermutung. Oder reine Logik, ganz wie ihr wollt«, erklärte Justus hoheitsvoll. »In der Internetadresse stand doch ES. Und ich habe mir gedacht, das ›S‹ könnte für Spout stehen. Also habe ich ›Mr E. Spout‹ eingegeben und auf Bildersuche gedrückt. Und siehe da, in den unendlichen Weiten des Internets war er zu finden.«

Bob stieß einen Pfiff aus. »Jetzt wird es aber wirklich irre«, rief er. »Dieser Spout hat einen Fernsehsender! Und ratet mal, wie der heißt.«

Justus grinste zufrieden. »*Mars-TV*!« Er stieß Peter in die Seite. »Na, ist das immer noch hirnverbrannter Zufall?«

»Warum denn nicht?«, rief Peter. »Das Ganze ist eben eine Show für die *Mars-Bar*. Ihr glaubt, hier ginge es um Raumflüge, aber in Wirklichkeit ist das ein Werbetrick für Limonaden und Bareinrichtungen! Ihr denkt doch nicht wirklich, dass dieser Typ, der bei Titus Jonas Schrott kaufen will, damit zum Mars fliegt. Das ist einfach Unsinn. Das gibt es nicht!«

Die drei ??? sahen sich unsicher an. »Und wie und wo machen wir jetzt weiter?«, fragte Bob schließlich.

»Wir warten einfach bis Sonntag«, meinte Peter. »Dann gehen wir in Norris' Bar und dort werdet ihr sehen, dass ich recht habe. Und morgen früh treffen wir uns am Strand, schwimmen und tauchen nach ein paar Muscheln. Ich habe jetzt nämlich langsam wirklich genug von diesem blöden Weltraumquatsch.«

Kalte Spur

Als Justus Jonas am nächsten Morgen aufwachte, glaubte er für einen Augenblick zu träumen. Verwundert richtete er sich im Bett auf. Doch er hatte sich nicht geirrt. Auf dem Hof erscholl die wütende Stimme von Bud Norris.

»Wenn Sie glauben, Sie können mir in meine Geschäfte pfuschen, Jonas, dann sind Sie schief gewickelt. Das lasse ich nicht zu! Ich weiß nicht, wie Sie es geschafft haben, dass Mr Spout Ihren Schrott kauft, aber eines sage ich Ihnen: Von meinem Kuchen bekommen Sie kein Stück ab.«

Justus sprang aus dem Bett. Schnell schlich er ans Fenster und sah hinaus. Unten im Hof standen Bud Norris und Skinny neben einem großen Laster, der über und über mit Schrott beladen war.

»Norris!«, sagte Titus Jonas eben. »Ich wusste gar nicht, dass Sie backen können. Aber ich sage Ihnen, Ihr Kuchen kann mir gestohlen bleiben, denn ich ziehe den Kirschkuchen meiner Frau vor!«

Bud Norris schnaufte wütend. »Ihre blöden Scherze können Sie sich an den Hut stecken. Ich weiß genau, dass Sie Ihren Neffen losgeschickt haben, um uns nachzuschnüffeln.«

Onkel Titus schüttelte den Kopf. »Justus schläft und ich habe ihn noch niemals beauftragt, irgendetwas gegen Sie zu unternehmen. Sie neigen zu Wahnvorstellungen, Norris. Ich will mit Ihren Verrücktheiten nichts zu tun haben.«

»Verrücktheiten?!«, höhnte Norris. »Ja, vor Geld werde ich bald verrückt werden. Sie werden sich noch umschauen, Jonas! Wenn ich erst der reichste Mann in Rocky Beach bin, wird Ihnen Hören und Sehen vergehen!« Er zückte ein Bündel Geldscheine und drückte es Onkel Titus unwillig in die Hand. »Hier, das soll ich Ihnen von Mr Spout geben. Für den Schrott. Was für eine Geldverschwendung!«

»Was haben Sie denn mit den Wertstoffen vor?«, fragte Onkel Titus.

»Das geht Sie einen feuchten Kehricht an!«, fauchte Bud Norris und stieg in seinen Laster.

Justus biss sich auf die Lippen. Am liebsten wäre

er sofort aus dem Fenster geklettert und hätte sich auf dem Laster versteckt, um herauszufinden, wohin Bud Norris den Schrott brachte. Aber dann sah er, wie Skinny sich auf seinem Mofa hinter dem Laster postierte.

»Hab alles im Blick, Dad«, rief er seinem Vater zu. »Niemand folgt uns.«

»Verflixt«, murmelte Justus. »Als hätte er meine Gedanken gelesen.«

Im selben Moment sah Skinny nach oben und entdeckte ihn am Fenster. »Da ist ja das Pummelchen«, rief er höhnisch. »Der schläft überhaupt nicht, der spioniert schon wieder.«

»Los jetzt!« Bud Norris gab Gas und eine Minute später waren die beiden verschwunden.

Justus zog sich gerade an, als sein Onkel ins Zimmer kam. »Justus, was ist das für eine Geschichte mit diesem Mr Spout? Wieso kauft er einen ganzen Berg von unseren Wertstoffen? Steckst du da etwa dahinter?«

Justus sah seinen Onkel aufrichtig an. »Ein bisschen schon. Du hast ja gehört, was ich gesagt habe, als wir die Bareinrichtung abgeholt haben. Mr Spout war danach hier. Er hat nur kurz mit uns geredet und gesagt, dass er demnächst etwas Schrott kaufen wird. Ich hatte keine Ahnung, dass er Bud Norris zum Abholen schickt.«

Onkel Titus verzog den Mund. »Wenn wieder einmal Kunden da sind, und ich bin hinten im Haus, holst du mich bitte«, sagte er ernst. Dann kicherte er plötzlich und klopfte Justus auf die Schulter. »Auf der anderen Seite war es himmlisch, wie Bud Norris gerade eben ankam und sagte, dass er für 1000 Dollar Schrott kaufen wolle. Sein Gesicht werde ich so schnell nicht vergessen!«

Onkel Titus drehte sich um. In der Tür blieb er stehen und sah Justus noch einmal an. »Übrigens steht unten ein Kirschkuchen auf dem Tisch. Den habt ihr wohl gestern übersehen.«

Justus nickte. »Danke, Onkel Titus.«

Er sah seinem Onkel nach, wie er die Treppe hinunterging. Plötzlich fasste sich Justus an die Unterlippe und fing an, sie mit Daumen und Zeigefinger nachdenklich zu kneten. »Irgendwie«, murmelte er,

»habe ich die ganze Zeit das Gefühl, dass ich etwas Entscheidendes übersehe!«

Als Peter und Bob ein halbe Stunde später auf ihren Rädern ankamen, empfing sie ein Kirschkuchen schmatzender Justus Jonas.

»Hallo, Freunde!«, rief er ihnen entgegen. »Und, Bob, wie sieht es aus?«

»Du hast recht gehabt, Justus!«

»Womit recht gehabt?«, fragte Peter.

Justus lächelte. »Wäre es sehr schlimm für dich, Peter, wenn wir doch nicht an den Strand gehen? Mir ist da vorhin eine Idee gekommen und eigentlich hast *du* mich darauf gebracht.«

Peter sprang vom Rad und griff sich schnell ein Stück Kuchen. »Ich? Wieso ich?«

Justus zog die halbe Zeitungsseite vom Vortag aus der Tasche. »Weil du gestern vom Mars erzählt hast, als du aus der Zeitung vorgelesen hast. Ich hatte die ganze Zeit das Gefühl, etwas vergessen zu haben. Und vorhin ist es mir eingefallen. Wenn jemand uns etwas über den Mars erzählen kann, dann bestimmt dieser Professor Flaw, der das neue Raumschiff erfunden hat. Und dann habe ich mich gefragt, wieso eigentlich in der *Rocky Beach Today* über ihn berichtet wurde. Deswegen habe ich Bob gebeten, dazu noch mal nachzuforschen.«

Bob nickte. »Und du hattest tatsächlich recht, Just. Matthew Flaw lebt wirklich ganz in der Nähe, in Malibu, etwas unterhalb von Point Dume. Ich habe den Reporter inzwischen angerufen, der den Artikel geschrieben hat. Er hat ihn letzten Monat interviewt.«

Peter zuckte die Schultern. »Na und? Was haben denn Mr Spout und

Mr Flaw miteinander zu tun? Ich verstehe nicht, worauf ihr hinauswollt.«

Justus sah Peter verständnislos an. »Aber das habe ich doch eben erklärt. Professor Matthew Flaw kennt sich mit dem Mars aus. Und wenn Mr Spout wirklich etwas mit dem Mars zu tun haben sollte, dann müsste Mr Flaw das wissen. Ich will ihn befragen.«

Peter lachte lauthals auf. »Also, Just, wenn du sogar bereit bist, für einige Fragen über den Mars bis Point Dume zu radeln, dann habe ich nichts dagegen! Aber du weißt, es geht steil bergauf?!«

Reporteralarm

Peter hatte recht. Je näher die drei ??? der Adresse von Mr Flaw kamen, umso steiler wurde der Weg. Justus schwitzte beträchtlich und auch Bob hatte Mühe, Peter zu folgen.

Der sportlichste der Detektive dagegen wirkte noch immer vollkommen frisch. Ab und zu sah er sich auf seinem Rennrad um und rief: »Seht euch den Ozean an! Von hier oben ist er noch beeindruckender. Point Dume ist wirklich einer der schönsten Aussichtspunkte der Gegend.«

»Wie weit ist es denn noch?«, ächzte Justus.

»Nicht mehr sooo weit«, keuchte Bob. »Ich glaube, wir sind bald da.«

»Ihr seid bereits erlöst«, rief Peter in diesem Moment. Er hielt an und deutete auf einen flachen Bungalow mit einer großen Glasverandatür. »Da, die Nummer 103, das ist Mr Flaws Adresse.« Justus atmete erleichtert auf.

Die drei ??? stellten ihre Räder ab und klingelten.

Als hätte jemand hinter der Tür gewartet, wurde diese fast im selben Augenblick aufgezogen. Eine ältere Frau mit grauen Haaren guckte heraus und schwang wütend einen Besen. »Verschwinden Sie endlich! Ich habe Ihnen bereits gesagt, dass ich nichts über seinen Verbleib weiß!«

»Wie bitte?« Erstaunt sah Justus die Frau an.

Diese hielt inne. »Wer seid *ihr* denn?«, rief sie aufgebracht. »Schicken sie jetzt schon Kinder?«

»Nein, Madam«, sagte Justus höflich. »Niemand schickt uns. Ich bin Justus Jonas, und dies sind meine beiden Freunde Bob Andrews und Peter Shaw. Wir sind auf der Suche nach Professor Flaw. Wir haben den Zeitungsartikel über ihn gelesen und …«

Die Dame hob den Besen. »Seid mir nur still mit Zeitungen und Reportern. Wenn ihr irgendetwas mit denen zu tun habt, macht, dass ihr wegkommt!« Ängstlich wich Peter zurück. Aber Justus nickte mitfühlend. »Das haben wir selbstverständlich nicht, Madam. Was ist denn passiert? Brauchen Sie vielleicht Hilfe?«

Die alte Dame schüttelte energisch den Kopf. »Diese Reporter belästigen mich schon seit Tagen. Dabei bin ich nur Matthews Haushälterin. Aber mich fragen sie, ob es stimme, dass Matthew auf dem Mars sei? So ein Unsinn. Er war noch nie auf dem Mars! Nur weil er ein genialer Raumschiffingenieur ist, heißt das nicht, dass er sein Abendbrot auf dem Mars zu sich nimmt.«

Bob grinste. »Da haben Sie recht«, lächelte er.

»Ist denn Mr Flaw nicht da?«, warf Justus ein.

»Das ist es ja gerade«, antwortete die Frau. »Er ist seit einem Monat verschwunden.«

»Verschwunden?« Peter sah die Frau fragend an. »Haben Sie denn die Polizei informiert?«

»Aber nein!« Die alte Dame rümpfte die Nase.

»Das ist bei Matthew doch ganz normal. Wenn er an etwas arbeitet, verkriecht er sich immer irgendwo. Er war doch lange bei der NASA, bis die sein Projekt nicht mehr bezahlen wollten. Seitdem ist er etwas durcheinander. Wahrscheinlich ist er jetzt irgendwo anders untergeschlüpft und hat lediglich vergessen, sich zu melden. Ich komme ja nur alle zwei Wochen, um zu putzen und mich um ihn zu kümmern. Aber dann standen plötzlich die Reporter in der Wohnung.«

»Was wollten die denn?«, fragte Justus eindringlich.

»Na, was weiß ich, Fotos machen oder filmen. Wozu braucht man sonst all diese Kameradinger? Auf alle Fälle habe ich sie hier im Haus überrascht und natürlich sofort rausgeworfen.«

»Diese Leute waren in Mr Flaws Bungalow?«, rief Bob überrascht.

»Ja, und sie haben alles schmutzig gemacht!« Die Frau schwenkte wieder den Besen. »Wenn Matthew das wüsste, die würden ein blaues Wunder erleben.« Sie sah die drei ??? misstrauisch an. »Und ihr, was wollt ihr nun?«

»Wir sind große Bewunderer von Mr Flaw«, sagte Justus rasch.

Die Dame schüttelte den Kopf. »Matthew will in Ruhe arbeiten. Deswegen ist er ja nicht da. Wenn er Ideen im Kopf hat, versteckt er sich.« Ihre Augen glänzten. »Er ist eben ein Genie. Er hat ein Raumschiff erfunden, das schneller fliegt als jedes andere. Und jetzt sind wieder mal alle hinter ihm her. Niemand hat ihm geglaubt! Aber jetzt wollen sie plötzlich alle seine Hilfe in Anspruch nehmen!«

Die alte Dame holte Luft und setzte den Besen auf. Dann rief sie. »Und ihr wollt euch doch sicher auch nur in seinem Ruhm sonnen! Also lasst ihn in Ruhe!« Sie legte die freie Hand auf die Türklinke und machte Anstalten, die Tür zu schließen.

Schnell trat Justus einen Schritt vor. »Bitte warten Sie! Diese Leute vom Fernsehen«, fragte er eindringlich, »hatte einer von denen eisblaue Augen?«

Die Augenlider der alten Dame flatterten. »Und ob!«, rief sie wütend. »Der war der Unhöflichste. Er hat sich aufgeführt, als hätte er das Recht, hier zu sein! Aber ich habe ihm mit der Polizei gedroht! Und das war's dann!« Sie schüttelte verärgert den Kopf. »Und ihr macht jetzt besser auch, dass ihr nach Hause kommt!«

Mit diesen Worten warf sie die Tür zu.

In der Höhle des Löwen

»Was war das denn?«

Peter, Bob und Justus hatten sich zur Beratung in ihr Geheimversteck, die Kaffeekanne, zurückgezogen. Das war ein verlassener Wassertank an einer stillgelegten Bahnstrecke, die ein Stück vor Rocky Beach parallel zur Küste verlief. Der hochgelegene Tank erinnerte mit seinen drei hölzernen Beinen und dem Füllrohr für die Dampflokomotiven wirklich etwas an eine Kaffeekanne aus Urgroßmutters Zeiten. Im Inneren war genug Platz für eine Kühltasche, Lesematerial sowie einige notwendige Detektivgerätschaften und die drei ??? selber.

Justus hielt einen großen Block in der Hand, den er jetzt Bob reichte. »Dieser Fall«, sagte er, »ist wirklich verworren. Bob, mach doch bitte mal eine Liste der bisherigen Vorfälle.«

Bob nickte. »Zuerst ist da

Norris' Bar, in der dieser Mr Spout aufgetaucht ist«, fing er an. »Dazu die *Mars-Cola* und die seltsame Einrichtung in der Bar. Und dann Spout, der auf den Schrottplatz kommt, uns filmt und Schrott kauft.«

»Nicht zu vergessen die vielen Fernseher in der Bar, von denen du erzählt hast, Just«, fiel Peter ein.

»Und danach der verschwundene Raumschiff-Erfinder, Mr Flaw!«

Bob schrieb alles nieder und sah auf das Blatt.

»Und Mr Spout hat außerdem einen eigenen Fernsehsender«, fügte Peter hinzu.

Justus nickte und legte die drei Eintrittskarten von Mr Spout auf den Boden. »Plus die Eröffnung der Bar morgen, und dass die alte Haushälterin erzählt hat, Mr Flaw sei seit einem Monat verschwunden und ein Fernsehteam wäre ihm auf den Fersen. Also alles in allem, würde ich sagen, sind die verbindenden Elemente eindeutig …«

»Fernsehen und Raumfahrt«, rief Bob.

»Mr Spout und Mr Flaw«, bestätigte Peter.

»Wie ist das Fernsehteam bei Flaw in die Wohnung gekommen?«, überlegte Bob. »Ich meine, wenn das ein Einbruch war, dann könnte es vielleicht sein, dass Flaw entführt worden ist!«

»Aber doch nicht von einem Fernsehteam«, rief Peter.

Justus stieß die Luft aus. »Eher unwahrscheinlich«, seufzte er. »Wenn auch nicht undenkbar. Was haben Spout und Flaw miteinander zu tun? Das ist die Frage. Auf alle Fälle ist morgen die Eröffnung von Norris' Bar. Und wisst ihr, was ich glaube? Wir werden von den Eintrittskarten Gebrauch machen.«

»Du willst in Norris' Bar?« Peter stöhnte. »Das wird Skinny nicht gefallen.«

»Na und? Wir haben offizielle Einladungskarten.« Justus sah seine Freunde herausfordernd an. »Ihr fürchtet euch doch wohl nicht vor Skinny?«

»Nein«, sagte Peter schnell. »Aber es wird Stress geben, das ist ja wohl klar.«

»Ich sehe in der Eröffnung unseren einzigen konkreten Anhaltspunkt«, sagte Justus. »Vielleicht entdecken wir dabei irgendwas. Es ist doch einfach vollkommen widersinnig, dass ein Fernsehsender sich vor der Öffentlichkeit versteckt. Das muss einen

Grund haben.« Er schüttelte den Kopf. »Außerdem habe ich noch eine weitere Idee. Wenn die ganze Geschichte mit dem Fernsehen zu tun hat, könnten wir doch deinen Vater mal fragen, Peter. Vielleicht kennt er Mr Spout?«

Peter, dessen Vater als Fachmann für Spezialeffekte in Hollywood arbeitete, zuckte die Schultern. »Mein Vater hat eigentlich mehr mit dem Kino als mit dem Fernsehen zu tun.«

»Trotzdem«, beharrte Justus. »Wir haben keine vierundzwanzig Stunden mehr, dann passiert irgendwas.«

»Oder auch nicht«, unkte Peter. »Es ist doch immer noch alles nur eine Vermutung.«

»Aber die Putzfrau von Mr Flaw hatte Angst«, warf Bob ein.

»Wenn jemand einen Monat verschwindet, ohne was zu sagen, wäre ich auch beunruhigt«, rief Peter.

»Okay«, schloss Justus die Diskussion. »Peter, du fragst deinen Vater, ob er irgendwas über Spout weiß. Morgen früh treffen wir uns auf dem Marktplatz und du berichtest, was du rausgefunden hast.

Und danach gehen wir zur Eröffnung von Norris' Bar!«

»Wenn ich überhaupt was rausgefunden habe«, sagte Peter. Aber dann nickte er. »Gut, ich frage meinen Vater!«

Am nächsten Morgen stand Peter als Erster vor dem Brunnen auf dem Marktplatz und wartete ungeduldig auf seine beiden Freunde. Endlich bogen Justus und Bob auf ihren Rädern um die Ecke.

»Da seid ihr ja, ihr Schlafmützen!«

»Es ist doch erst kurz nach zehn«, gähnte Bob.

Peter zog seine Freunde auf den Brunnenrand. »Ich habe meinen Vater nach Everest Spout und *Mars-TV* gefragt – und er wusste wirklich was!«

»Und was?« Justus, der eben noch schläfrig ausgesehen hatte, schien auf einmal hellwach.

»*Mars-TV* hat in den letzten Monaten mehrere Spezialisten aus Hollywood eingestellt. Sogar mein Vater hatte ein Angebot von denen«, rief Peter.

»Spezialisten wofür?«, wollte Bob wissen.

»Na, wofür wohl? Für Spezialeffekte natürlich.«

Bob klappte der Mund auf. »Da ist ja ein Ding. Und was haben die vor?«

»Das wusste mein Vater nicht«, antwortete Peter. »Aber er sagt, die Firma ist sehr klein und unbekannt. Darum hat er sich auch nicht weiter um das Angebot gekümmert.«

»Sehr interessant«, murmelte Justus.

Im selben Moment schlug die Kirchturmuhr über dem Platz halb elf. Justus reckte sich. »Sehr gute Arbeit, Peter! Wir werden sehen, was wir mit diesem Hinweis anfangen können. Jetzt ist es an der Zeit, dass wir uns in die Höhle des Löwen begeben.«

Die drei ??? schlossen ihre Räder an und liefen zu Norris' Bar, über der jetzt ein großes neues Schild hing. *Mars-Bar,* stand dort zu lesen. Vor der Tür kontrollierten zwei Gestalten in klobigen Raumanzügen die Eintrittskarten. Eben trat Mr Porter, der Besitzer des Ladens am Marktplatz, ein. Einer der Raumfahrer riss ihm seine Eintrittskarte ab.

»Viel Vergnügen und guten Flug«, wünschte er.

Porter lachte. »Tolle Idee, Skinny, die dein Vater

da hatte. Und danke für die Einladung. Ich bin wirklich gespannt.«

Der Raumfahrer nickte. Dann fiel sein Blick auf die drei ???. »Was wollt ihr denn hier?«, blaffte er. »Ihr glaubt doch wohl nicht, dass ich euch reinlasse?«

Justus ging auf ihn zu. »Hallo, Skinny«, begrüßte er den Jungen, dessen Sommersprossen hinter der Scheibe des Helms immer noch deutlich zu erkennen waren. »Ich glaube schon, dass du uns reinlässt. Und zwar deswegen.«

Er holte die Eintrittskarten hervor, die Mr Spout den drei ??? gegeben hatte. Skinny zuckte zurück, als hätte ihn ein Skorpion gestochen. »Wo habt ihr die geklaut? Ihr steht nicht auf der Gästeliste.«

»Wir haben sie nicht gestohlen, sondern Mr Spout hat sie uns persönlich gegeben«, entgegnete Justus ruhig. »Wenn wir dich jetzt also bitten dürften, uns einzulassen?«

Skinny zögerte. Aber da sich hinter den drei ??? bereits eine Schlange zu bilden begann, nahm er die Eintrittskarten widerwillig entgegen, riss sie an den Ecken ab und ließ die drei ??? in die *Mars-Bar.*

Innen war es brechend voll. Zwischen den seltsamen Stühlen und Tischen drängten sich neben Mr Porter auch der Bürgermeister von Rocky Beach und einige andere stadtbekannte Gesichter. Selbst der Polizeichef, Kommissar Reynolds, war anwesend.

»Hallo, Jungs«, begrüßte er die drei ???. Sie waren seine geheime Spezialeinheit, mit der er schon einige Male unter dem Siegel strikter Verschwiegenheit zusammengearbeitet hatte. »Na, wollt ihr auch wissen, was es mit der neuen *Mars-Bar* auf sich hat?«

»Allerdings«, antwortete Justus. »So ein Ereignis hat doch durchaus abenteuerlichen Charakter.«

Der Kommissar lächelte. »Ich bin dienstlich hier«, sagte er leise. »Um für Ruhe und Ordnung zu sorgen.

Wobei ich nicht annehme, dass es zu irgendwelchen Schwierigkeiten kommen wird.«

Im selben Moment wurde das Licht abgedunkelt und Mr Spout trat in die Mitte des Raumes. Seine eisblauen Augen funkelten gefährlich, als er das Mikrofon in die Hand nahm und seine Stimme erhob.

Der große Knall

»Sehr verehrtes Publikum, liebe Gäste und Einwohner von Rocky Beach!« Mr Spout lächelte in die Runde. »Es ist mir eine besondere Ehre, Sie alle heute hier begrüßen zu dürfen: in Bud Norris' neu eröffneter *Mars-Bar.* Sie werden sich sicher schon gefragt haben, warum eine *Mars-Bar* und warum in Rocky Beach?«

Ein zustimmendes Raunen ging durch die Menge. Justus sah sich um. Die Blicke der Anwesenden waren ausnahmslos auf Mr Spout gerichtet.

»Nun«, fuhr dieser fort, »das ist ganz einfach. Die großen Städte unseres Landes sind dem Untergang geweiht. Überall Luftverschmutzung, Müll, Enge und Armut. In Rocky Beach sind diese Probleme noch nicht so weit vorangeschritten wie in Los Angeles oder New York. Aber sie beginnen auch hier!«

Mr Spout deutete auf die großen Bildschirme. Auf den Monitoren erschienen plötzlich Justus, Peter und Bob, die mit fragenden Gesichtern vor den

Schrottbergen in Onkel Titus' Gebrauchtwarencenter standen.

»Das sind ja wir!«, flüsterte Peter überrascht.

»Ja, als er uns gefilmt hat«, sagte Bob. »Aber warum …«

Doch weiter kam er nicht. Eine unbekannte Stimme fragte die drei ??? im Fernseher laut und deutlich: »Und wie lebt es sich für euch Kinder in dieser Welt aus Müll?«

Justus antwortete: »Schrott ist unser täglich Brot.«

»Und ist es schwer, inmitten dieser Müllhalde zu Hause zu sein?«, fragte der unsichtbare Reporter.

Peter nickte. »Eigentlich ist es ja kein Schrott, sondern eher wie ein Grab.«

»Das habe ich nie gesagt!«, flüsterte der echte Peter.

»Wie ein Grab«, wiederholte die Stimme des unsichtbaren Reporters und fuhr dann fort: »Habt ihr keine Sehnsucht nach einer besseren Welt, einer sauberen Welt, in der das Leben Spaß macht?«

»Doch, das wäre große Klasse!«, sagte Justus auf dem Bildschirm und Bob rief: »Ganz bestimmt!«

Bob sah seine Freunde nervös an. »Das habe ich doch auch nie so gesagt!«

Justus, der rot geworden war, nickte stumm. Dann sagte er leise: »Aber ich habe etwas Ähnliches gesagt. Spout hat das neu zusammengeschnitten und euch meine Worte mit einer veränderten Stimme in den Mund gelegt. Raffiniert. Es sieht wirklich echt aus.«

Im selben Moment erloschen die Bildschirme, und Mr Spout lächelte wieder ins Publikum. »Die Kinder von Rocky Beach fordern eine bessere Welt! Aber wie ist das möglich? Nun, ich will es Ihnen verraten. Gemeinsam mit einem genialen Erfinder habe ich mich entschlossen, der Menschheit einen Weg für eine gesunde und menschenwürdige Zukunft zu ebnen. Für ein Leben auf einem Planeten, der nicht von Müll bedeckt ist. Einem Planeten, der unser direkter Nachbar im Weltraum ist. Der Mars!«

»Auf dem Mars?« Erstaunte Stimmen wurden laut.

»Ja«, sagte Mr Spout. »Leben auf dem Mars! Wir

werden den Planeten in Besitz nehmen und ihn durch Terraforming zu einem bewohnbaren Planeten machen.«

»*Terra*-was?«, stotterte Kommissar Reynolds verdattert.

Justus, der immer noch puterrot war, schnaufte. »Das ist so eine Idee, dass man dem Mars eine Atmosphäre verpassen kann, damit er wie die Erde wird. Aber das ist bestimmt genauso wahr wie die Sendung, die wir eben gesehen haben.«

Mr Spout strahlte in die gebannt lauschende Menge. »Ich verbinde sie jetzt mit einer ersten Zeugin unseres gewaltigen Unternehmens. Und zwar mit Mrs Bitmer, der Haushälterin von Professor Matthew Flaw, dem Erfinder des ersten bemannten Marsraumschiffs, der *Mars One*.«

Auf dem Bildschirm wurde die alte Dame sichtbar, der die drei ??? gestern im Bungalow von Mr Flaw begegnet waren. Sie fuchtelte mit ihrem Besen in die Kamera und sagte: »Matthew Flaw ist der einzige Erfinder, der je ein Raumschiff gebaut hat, das den Mars schneller als in einem Monat erreichen kann.

Er ist einfach genial. Ich arbeite seit vielen Jahren für ihn und ich weiß, dass er uns alle retten wird.«

»Danke, Mrs Bitmer«, rief Spout in sein Mikrofon und die alte Dame winkte mit ihrem Besen. Wieder verdunkelten sich die Bildschirme.

»Liebe Anwesende«, rief Spout. »Ich zeige Ihnen dies, um klarzumachen, dass wir alle, die Armen und die Reichen, am selben Strick ziehen, auf derselben Erde leben, mit denselben Problemen kämpfen. Doch nun zu meiner Idee. Ab heute werden Sie in Norris' *Mars-Bar* jeden Tag live und direkt mitverfolgen können, wie Matthew Flaw auf seiner Mission zum Mars unterwegs ist. Sie werden in wenigen Tagen seine Landung auf dem Mars miterleben und sehen, wie er die Flagge von *Spout Enterprises* auf dem Mars hisst. Die Flagge, mit der wir Erdbewohner den Roten Planeten in Besitz nehmen werden.«

Wieder ging ein Raunen durch die Menge, als auf dem Bildschirm jetzt das Innere eines Raumschiffes sichtbar wurde. Angeschnallt in einem mächtigen Pilotensessel, saß dort ein Mann in einem Raumanzug und sah in die Kamera.

»Hallo, Matthew«, rief Spout, »hören Sie mich?«

Der Mann im Raumschiff nickte. »Hallo, Erde«, rief er und winkte. »Viele Grüße an Mrs Bitmer! Sagen Sie ihr, dass ich sie vermisse. Und nun sehen Sie dies!« Der Mann streckte seine Hand aus und drehte die Kamera.

Im Bild erschien eine runde Glasscheibe. Zuerst sah man nur Schwarz, aber dann wurde das Bild scharf. Und plötzlich glomm in der schwarzen Fläche ein roter Planet auf, mächtig und glühend und so nah, wie ihn keiner der Anwesenden je gesehen hatte.«

»Der Mars«, raunte Mr Porter.

»Der Mars!«, brüllte Skinny plötzlich mit sich überschlagender Stimme. »Der fliegt dahin und wir sind dabei!«

Mr Spout lächelte. »Willkommen auf dem Mars, Rocky Beach! Seien Sie dabei, wenn es in wenigen Tagen so weit ist, dass Matthew Flaw den Mars betritt. Hier in Rocky Beach werde ich mit meiner Firma *Cape Rocky Beach* errichten. Die erste Station für Raumflüge zum Mars!«

Er wandte sich dem Fernseher zu. »Auf Wiedersehen, Matthew.«

Der Astronaut, der inzwischen wieder zu sehen war, winkte in die Kamera. »Alles Gute, Everest! Ich melde mich bald wieder!«

Dann wurden die Bildschirme dunkel.

Ruhe nach dem Sturm

Wenige Minuten nach der Liveübertragung summte es in Norris' *Mars-Bar* immer noch wie in einem Wespennest.

»Wo wird denn *Cape Rocky Beach* entstehen?«, rief Mr Porter.

»Direkt in den Bergen«, gab Mr Spout Auskunft. »Leider ist das Projekt so geheim, dass ich noch keine weiteren Auskünfte geben kann. Aber das erste Raumschiff ist bereits von dort gestartet.

Mr Porter leckte sich die Lippen. »Geheimsache Mars!«, rief er. »Ich verstehe. Aber gibt es nicht vielleicht schon Modelle von dem Raumschiff? Solche, die man als Andenken verkaufen kann?«

Er drängte sich in Mr Spouts Nähe.

Mr Spout reichte Mr Porter seine Visitenkarte. »Rufen Sie mich an«, sagte er schnell. »Darüber können wir sprechen.«

»Und jetzt«, meinte Bud Norris, »kommen Sie und trinken Sie! Es gibt *Rocky Beach Mars-Bier* und

Mars-Coke, *Venus-Lemon* oder *Jupiter-Orange*, für nur fünf Dollar das Glas!«

Die drei ??? sahen einander fassungslos an. Im selben Moment kam Skinny heran. »Mensch, Pummelchen«, brüllte er Justus zu. »Dass es dir so schlecht geht! Du kannst einem ja fast schon leidtun! Musst immer im Schrott leben!«

Skinny grinste hämisch und Justus wurde rot.

»Skinny!«, rief er. »Das ist doch alles nicht wahr! Das ist ein Riesenschwindel! Hört mal alle her!«

Doch niemand schien mehr hören zu wollen, was Justus zu sagen hatte. Die Leute drängten sich alle um Mr Spout oder an der Bar.

Plötzlich stand Mr Porter neben den drei ???. »Du armer Kerl«, sagte er zu Justus. »Ich habe eben von Mr Spout einige Marsartikel bestellt. Wenn du willst, kannst du nach der Schule bei mir im Laden arbeiten. Ich meine, du brauchst doch sicher etwas Geld.«

Gedemütigt sah Justus zu Mr Spout hinüber. Dieser stand inmitten der Menge und schien mit allen gleichzeitig zu reden. Seine eisblauen Augen funkelten wie blitzende Diamanten.

»Danke, Mr Porter«, sagte er zu dem Ladenbesitzer. »Ich komme darauf zurück.«

Lächelnd ging Porter weiter und Justus wandte sich Bob und Peter zu. »Okay, Freunde! Das lasse ich nicht auf mir sitzen. Wenn dieser Mr Spout meine Tante und meinen Onkel schlechtmachen will, dann kann er was erleben.«

»Aber Justus!« Bob hielt ihn am Ärmel fest. »Du kannst doch nicht einfach auf ihn losgehen.«

Doch Justus Jonas war zu wütend, um innezuhalten. Mit energischen Schritten bahnte er sich seinen Weg durch die Menge auf Mr Spout zu. Kurz bevor er ihn erreicht hatte, sprang dieser von seinem Podium und machte sich auf den Weg zum Hinterausgang.

»He, Mr Spout!«, rief Justus. Aber der Produzent hörte nicht. Mit großen Schritten stolzierte er davon, ein breites Lächeln im Gesicht. Bob und Peter eilten Justus hinterher. Direkt vor ihrer Nase stieg Spout in seine graue Limousine und fuhr sein Fenster herunter.

»Junge«, rief er Justus zu. »Ich hoffe, es geht dir jetzt besser? Ich habe von deinem Onkel für viel Geld viel Schrott gekauft. Das müsste euch doch helfen!?« Mr Spout zeigte wieder sein Raubtierlächeln, das Fenster surrte in die Höhe und dann fuhr die Limousine davon.

Im nächsten Augenblick aber geschah etwas, was weder Bob noch Peter je für möglich gehalten hätten. Vor ihren Augen sank Justus Jonas in die Knie und drückte seinen Kopf auf die Erde. Es sah ganz so aus, als weine er.

»Just«, rief Bob erschrocken.

Peter rannte zu seinem Freund. »Justus, nicht weinen! Was immer dieser Typ auch vorhat, wir werden ihn bestimmt überlisten.«

Justus hob den Kopf. »Aber ich weine doch gar

nicht«, erklärte er mit blitzenden Augen. »Ich sammle Spuren.«

»Was für Spuren?« Bob und Peter starrten auf den Boden, wo Justus' Kopf gelegen hatte. Und dann sahen sie es. Dort, wo Mr Spouts Limousine gestanden hatte, zeichnete sich eine dünne, rote Linie ab.

»Was ist das?«, fragte Bob überrascht.

Justus lächelte mit schmalen Lippen. »Sieht aus wie roter Sand«, sagte er leise.

»Ja, wie vom Mars«, rief Peter.

»Oder von dem, was ihn darstellen soll«, sagte Justus geheimnisvoll.

Roter Sand

»Solchen Sand gibt es hier in der Gegend nicht.« Justus zerrieb die feinen Körnchen, die er gefunden hatte, zwischen den Fingern. »Es fühlt sich auch gar nicht wie Sand an, eher wie…« Justus überlegte. Dann leuchteten seine Augen auf. »Wisst ihr noch, wie wir früher manchmal mit Malsteinen auf die Straße gemalt haben?«

»Ja, klar«, rief Bob. »Malsteine, das waren so orange und rote Ziegelbrocken. So ähnlich sieht dieser Staub hier tatsächlich aus.«

Peter lachte auf. »Freunde, ich will euch ja nicht enttäuschen, aber aus Ziegelmehl macht man Tennissand.«

Justus richtete sich auf. »Bist du sicher?«

»Ja, natürlich. Das Zeug gibt es tonnenweise zu kaufen. Es heißt auch Tennismehl. Ich habe das mal auf einem Sportplatz gesehen. Die liefern das in riesigen Säcken.«

»Und wer liefert das?«, fragte Justus schnell.

»Keine Ahnung, aber das steht bestimmt im Telefonbuch von Rocky Beach«, meinte Bob.

Justus sah auf einmal überhaupt nicht mehr gedemütigt oder enttäuscht aus. »Wir müssen alle Firmen finden, die es hier in der Nähe gibt.«

»Aber wieso denn?«, rief Peter. »Wenn das Tennissand ist, dann hat Mr Spout vielleicht einfach Tennis gespielt. Das ist doch nicht so aufregend.«

»Peter«, Justus zog seinen Freund ein Stück weg von der Hintertür, »alles, was wir eben im *Mars-TV* gesehen haben, war Lüge. Jedenfalls alles, was wir sicher beurteilen können. Diese alte Haushälterin hat garantiert nicht das gesagt, was sie zu sagen schien. Und das, was wir angeblich gesagt haben, hatte nichts mit dem zu tun, was wirklich gesprochen wurde, als Mr Spout uns gefilmt hat. Das bedeutet, dass auch der Mars und das Raumschiff nicht echt sein müssen!«

»Aber du hast doch den roten Planeten im Hintergrund gesehen«, widersprach Peter. »Und der Raumpilot ist der Professor Flaw, von dem ich in der Zeitung gelesen haben. Es war derselbe Mann wie auf dem Bild!«

»Der von der NASA gefeuert wurde!«, rief Bob.

Peter zuckte die Schultern. »Deswegen muss er noch lange kein Verbrecher sein.«

»Aber wenn er einer ist, dann hat er in Mr Spout einen hervorragenden Partner gefunden«, sagte Justus. »Und meine Idee ist die: Wenn man mit rotem Sand tonnenweise Tennisplätze bestreuen kann, dann kann man damit auch einen falschen Planeten bauen, der wie der Mars aussieht. Und darum sind diese Firmen der einzige Hinweis, den wir im Moment haben.«

Bob schluckte. »Die Idee ist total verrückt. Aber andererseits habe ich echt keine Lust, mein Leben lang als der Bob Andrews zu gelten, der unheimlich traurig im Schrott lebt, nur weil ein blöder Fernsehproduzent beschlossen hat, mich so hinzustellen.«

Peter nickte. »Tja, glauben wird uns sowieso niemand mehr, nachdem was die Leute im Fernsehen gesehen haben. Das ist klar.«

»Also los!« Justus sprang auf. »Auf zur nächsten Telefonzelle!«

Doch die Durchführung von Justus' Plan war

schwieriger, als es sich die drei ??? vorgestellt hatten. Denn es war Sonntag und rund um Rocky Beach gab es nicht eine einzige Firma, die Tennissand herstellte und geöffnet hatte. Bei jedem ihrer Anrufe erreichten die drei ??? nur einen Anrufbeantworter.

»Alle geschlossen!«, stöhnte Bob. »Aber halt, wartet mal. Was ist mit der alten Ziegelei, die Mr Buller betreibt? Könnte der das nicht auch wissen?«

»Kennst du ihn etwa?«, fragte Peter.

»Nein«, Bob schüttelte den Kopf, »aber mein Vater hat mal einige Ziegel für unser Dach bei ihm gekauft, nach dem großen Sturm.«

»Okay, wir probieren es«, beschloss Justus.

Die drei Freunde machten sich auf den Weg. Die alte Ziegelbrennerei lag ein Stück hinter dem Hafen. Und Mr Buller war zu Hause. Er mähte mit einem klapprigen Rasenmäher das Gras in seinem Garten, als die drei ??? ankamen.

»Guten Tag«, rief Justus ihm zu. »Wir wollen nicht stören, aber wir sind dringend auf der Suche nach Tennissand.«

»Tennissand?«, fragte Mr Buller verdutzt. »Meint ihr Ziegelmehl, das man auf Tennisplätze aufträgt?«

»Ja«, nickte Peter. »Stellen Sie so etwas her?«

Mr Buller schüttelte den Kopf. »Nein, ich mache Ziegel. Ziegelmehl macht man meist aus Bruch oder alten Ziegeln. Es ist ein Abfallprodukt. Wofür braucht ihr denn Ziegelmehl?«

Justus sah Mr Buller treuherzig an. »Wir haben unserer Lehrerin versprochen, dass wir uns um die Pflege des Schulsportplatzes kümmern.«

»So so«, sagte Buller. »Leider kann ich das nicht herstellen. Dazu braucht ihr eine Ziegelmühle, die den Ziegel zermahlt. Aber ich kann euch sagen, wohin ich meinen Bruch verkaufe, wenn ihr wollt.«

Bob nickte eifrig. »Damit wäre uns wirklich sehr geholfen.«

Mr Buller lachte. »Im Moment sind alte Ziegel

schwer zu bekommen. Eine Firma kauft gerade alle Reste auf.«

»Tatsächlich? Kommt so etwas öfter vor?«, wollte Justus wissen.

»Nein, aber die planen wohl ein großes Sportzentrum. Da werden dann schon mal solche Mengen benötigt.«

»Und wie heißt die Firma?« Neugierig beugte sich Justus vor.

Mr Buller musste nicht lange überlegen. »*Courtworld*. Sie sitzen irgendwo bei Santa Monica. Aber die kommen immer her und holen sich die Ware ab.« Er deutete auf einen großen Haufen zerbrochener Ziegel auf seinem Hof neben dem Garten. »Morgen früh ist es wieder so weit.«

Mr Buller schnaufte. »Und jetzt Schluss mit der Fragerei. Ich muss meinen Rasen mähen.«

Die drei ??? bedankten sich und radelten weg.

»*Courtworld* also!« Justus lächelte zufrieden. »Da scheinen wir auf eine heiße Spur gestoßen zu sein. Ich schlage vor, dass wir uns morgen früh hier treffen und den Laster verfolgen, der die Ziegel abholt. Ich bin sicher, dass uns das weiterbringt. Wenn meine Theorie stimmt, führt uns die Firma *Courtworld* möglicherweise zu einem äußerst wichtigen Punkt des Falls!«

»Und zu welchem?«, fragte Peter gespannt.

Mit hoheitsvollem Gesichtsausdruck sah Justus Jonas seinen Freund an. »Zu Mr Spouts Geheimversteck natürlich!«, sagte er.

Auf der Spur

Als die drei ??? am nächsten Morgen durch Rocky Beach fuhren, erkannten sie ihre Stadt fast nicht wieder. Vor Porters Laden hing ein große Flagge, auf welcher der Rote Planet abgebildet war. Direkt daneben winkte Porter. »Jungs, wollt ihr ein Stück *Mars-Kuchen*? Ich habe ganz frischen im Angebot!«

»*Mars-Kuchen*? Was soll denn das sein?«

Porter zeigte auf einige runde, rote Bällchen mit Zuckerstreuseln. »Das hier. Es ist ein Geheimrezept. Das Stück für zwei Dollar.«

»Zwei Dollar für ein Stück Kuchen?« Bob verzog den Mund. »Das ist aber ganz schön teuer!«

Porter kratzte sich verlegen am Kopf. »Für den Namen muss ich natürlich Gebühren an die Firma von Mr Spout zahlen. »Alles, was sich in Rocky Beach *Mars* nennt oder *Cape Rocky Beach* im Namen trägt, kostet extra.«

Überrascht sah Justus auf. »Das bedeutet, an jedem dieser Kuchenstücke verdient Mr Spout mit?«

»Nur ein paar Cent«, wiegelte Porter ab. »Das tut dem guten Geschmack keinen Abbruch. Im Gegenteil, ich bin dem Mann dankbar. Ohne ihn wäre Rocky Beach immer noch dasselbe alte verschlafene Küstenstädtchen und keine weltbekannte Raumschiffstation.«

»Da Sie das eben sagen«, fragte Peter schnell, »wo liegt denn die Raketenbasis genau?«

Porter schüttelte den Kopf. »Das ist geheim! Habt ihr doch sicher im Fernsehen mitbekommen. Übrigens, wer will, kann bei mir auch ein Abonnement für *Mars-TV* kaufen. Es kostet nur 150 Dollar im Monat. Fragt doch eure Eltern, ob sie das Abonnement wollen.«

»Machen wir«, versicherte Peter. Aber kaum war Porter im Laden verschwunden, tippte er sich an die Stirn. »Hoffentlich nennt Porter nicht alles, was er verkauft, in Mars-Zeug um. Sonst kostet ja bald alles das Dreifache!«

Die drei ??? fuhren weiter und standen ein paar Minuten später hinter einer alten Mauer verborgen vor Mr Bullers Ziegelbrennerei. Sie mussten nicht lange warten. Schon bald bog ein größerer Laster um die Ecke und zwei Arbeiter fingen an, den Ziegelschutt aufzuladen.

Nachdenklich sah Justus ihnen zu. »Ich hatte gehofft, wir könnten uns auf dem Laster verstecken. Aber das wird nicht gehen. Darum schlage ich vor, wir lassen uns von ihnen mitnehmen.«

Bob schüttelte den Kopf. »Drei Jungen und drei Fahrräder? Die werden sich bedanken!«

Aber Justus lächelte und flüsterte seinen Freunden etwas ins Ohr.

Peter sah ihn staunend an. »Und das willst du wirklich tun?«

»Na ja«, erwiderte der Anführer der drei ???. »Es wird etwas wehtun. Aber um die Wahrheit rauszufinden, lohnt es sich.«

Eine halbe Stunde später fuhr der beladene Lastwagen in südlicher Richtung hinaus aus Rocky Beach. Da kam ihm auf der Straße ein winkender Junge entgegengelaufen. Der Fahrer hielt an.

»Entschuldigen Sie«, Bob sah verschwitzt aus und wirkte aufgeregt, »mein Freund ist bei unserer

Radtour gestürzt. Sein Fahrrad ist total verbogen. Wir kommen aus Santa Monica. Zum Glück ist mein Freund nicht verletzt, aber könnten Sie uns vielleicht ein Stück mitnehmen?«

Der Fahrer und sein Kollege sahen den dicken Jungen an, der ein Stück weiter mit blutigem Knie neben seinem verbogenen Rad am Straßenrand saß.

»Klar, Jungs«, erwiderte der Fahrer. »Ihr könnt eure Räder hinten draufpacken und vorne mit einsteigen. Ihr habt Glück, wir kommen aus Santa Monica.«

Wenig später saßen die drei ??? neben den beiden Arbeitern und fuhren die Küste entlang. Justus hielt sich sein aufgeschürftes Knie und lächelte tapfer. »Was machen Sie denn mit den ganzen kaputten Ziegeln?«, fragte er neugierig.

»Tennissand«, antwortete der zweite Arbeiter. »Unsere Firma hat einen Großauftrag.«

»Tennis?«, rief Justus offensichtlich überrascht. »Mein Freund Peter hier ist der beste Tennisspieler in unserer Klasse. Wo sind denn die neuen Plätze?«

Der Fahrer zögerte nicht. »Die sind nicht zu übersehen«, lachte er. »Kennt ihr den alten Flughafen?«

»Sie meinen den, der nicht mehr benutzt wird, seit es den Santa Monica Airport mitten in der Stadt gibt?«

»Genau«, nickte der Mann. »In den alten Hallen auf dem Gelände bauen sie das Center. Muss ein Riesending werden, der Menge Sand nach zu urteilen, die wir bisher da hingebracht haben. Wenn ihr mich fragt, bauen die eine echte Monsteranlage mit über hundert Plätzen.«

Bald darauf erreichten sie den Stadtrand und der

Fahrer ließ die drei ??? an der Strandpromenade aussteigen. Er hob Justus sogar sein zerbeultes Rad herunter. »Danke«, rief der Anführer der drei ??? ihm nach.

»Okay, Freunde«, sagte er dann, als der Lastwagen außer Sicht war. »Lasst uns das Rad wieder zurechtbiegen.«

Das war keine schwierige Sache. Sie mussten nur den Lenker geradestellen und das Vorderrad festschrauben. Danach sah das Fahrrad aus wie zuvor.

»Der alte Flughafen also!« Justus grinste zufrieden. »Das ist doch der ideale Ort für eine falsche Raumschiffstation.«

»Für eine echte aber auch«, meinte Peter.

»Das werden wir sehen. Und eines weiß ich auf alle Fälle.« Justus hob kämpferisch den Kopf. »Für eine echte Raumstation braucht man bestimmt keinen Tennissand!«

Von Jägern zu Gejagten

Der alte Flughafen von Santa Monica lag versteckt in einem flachen Tal. Doch als die drei ??? den Eingang des Tals erreichten, staunten sie nicht schlecht. Mitten über die Straße ragte ein hohes Eisentor und versperrte ihnen den weiteren Weg.

»Was soll das denn? Das ist doch eine öffentliche Straße«, klagte Peter.

»War es zumindest mal.« Bob zeigte auf ein Blechschild, auf dem in großen Buchstaben zu lesen stand: *Privatbesitz – Betreten strengstens verboten.*

»So ein Mist!« Peter sah seine Freunde unsicher an. »Wir dürfen hier nicht weiter, wenn wir uns nicht strafbar machen wollen.«

»Eigentlich nicht«, gab Justus zu. Er blickte sich um. Rechts und links des Tores schloss sich ein hoher Zaun an, der bis an die Talhänge weiterlief. Dann hellte sich Justus' Blick plötzlich auf.

»Aber seht mal da!« Er deutete auf ein ausgetrocknetes Bachbett, das an einer Stelle unter dem Zaun eine tiefe Höhlung gegraben hatte. »Wir könnten doch sagen, unser Hund ist uns entwischt.«

»Welcher Hund?«, fragte Peter.

»Na Pluto, der Schoßhund von deiner Mutter, der haut doch ständig ab«, grinste Bob.

»Genau!« Justus warf sein Rad in ein Gebüsch und marschierte dann am Zaun entlang. »Pluto ist wirklich ein kleines Aas. Andererseits haben wir Angst um ihn: er ist doch so klein und hilflos!«

»Oh, nein«, ächzte Peter. »Mit dieser Geschichte kommen wir nie durch.«

Aber es war zu spät. Der Chef der drei ??? zwängte sich bereits unter dem Zaun durch und Bob war dabei, ihm zu folgen.

Peter war nicht wohl bei der Sache, aber schließlich konnte er seine Freunde nicht alleine lassen. Er versteckte sein Rad ebenfalls in den Büschen und rannte hinter ihnen her.

»Okay«, schlug Justus vor, »wir gehen von hier durchs Gebüsch am Hang entlang, immer parallel zur Straße. Mal sehen, wo sie hinführt.«

Das war leichter gesagt als getan. Die nächste Stunde schlugen sich die drei ??? mühsam durch das dichte Unterholz.

»So hat mal ganz Amerika ausgesehen«, stöhnte Bob.

»Ja, so schlecht ist die Zivilisation gar nicht«, bestätigte Justus, dem der Schweiß in Strömen über das Gesicht lief.

Im selben Moment zischte Peter leise. Bob und Justus blieben sofort stehen. Peter nickte zur Straße. Vorsichtig hoben die drei ??? die Köpfe über das Buschwerk. Auf dem Asphalt fuhr ein gewaltiger Lastwagen mit einem enormen Plastiksack auf der Ladefläche. Über dem Sack war ein Kran zu erkennen und auf dem Plastik stand in großen Buchstaben der Name der Tennissandfirma: *Courtworld*.

»Alles im grünen Bereich«, lächelte Justus.

Doch plötzlich schüttelte Peter den Kopf. Der Lastwagen hatte gehalten und aus einem versteckten Häuschen neben der Straße trat ein Mann in Uniform mit einer großen Bulldogge an der Seite. Er ließ sich vom Fahrer einige Papiere zeigen. Dann umrundete er mit dem Hund den Laster, ehe er dem Fahrer ein Zeichen gab und ihn weiterwinkte.

»Das sind richtig ernste Sicherheitsvorkehrungen«, flüsterte Peter.

»Aber es ist auch ein gutes Zeichen, dass wir auf der richtigen Spur sind«, sagte Justus. »Wenn sie nichts zu verbergen hätten, würden sie wohl kaum eine Wache an der Straße aufstellen.«

Plötzlich sah es aus, als habe der Hund etwas gewittert. Er reckte den Kopf und sah den Hang hinauf. Dann stieß er ein kurzes, heiseres Bellen aus.

Bob kniff die Augen zusammen. »Wenn der unsere Spur aufnimmt, sind wir in keiner guten Lage!«

Unten auf der Straße begann der Mann, mit dem Hund zu sprechen. Dann schickte er ihn los. Ungestüm rannte der Hund auf den Hang zu, an dem sich die drei ??? verbargen.

»Verdammt«, schimpfte Peter, »der kommt genau auf uns zu!«

Hangar 51

»Der Hund muss uns gewittert haben.« Justus wirkte für einen Augenblick wie versteinert. Dann begann er, wild seine Unterlippe mit Daumen und Zeigefinger zu kneten. »Wir haben nur eine einzige Chance. Der Hund ist auf alle Fälle schneller als wir. Und da scheinbar kein Wasser in der Nähe ist, durch das wir waten können, haben wir auch keine Möglichkeit, unsere Spuren zu verwischen. Das Einzige, was uns bleibt, ist, dass wir eine Verleitungsfährte legen.«

»Was für ein Ding?« Peter sah verstört aus.

»Eine Verleitungsfährte«, erklärte Justus ungeduldig. »Der Hund folgt mit seiner Nase unserer Spur. Aber wenn diese von einer zweiten Spur gekreuzt wird oder sich gabelt, dann muss er sich entscheiden. Eine Verleitungsfährte ist eigentlich eine falsche Spur, die in die Irre führt.«

»Du meinst, wir sollen uns teilen?«, folgerte Peter schreckensbleich.

»Genau. Peter, du bist der Schnellste und Wendigste. Du legst die deutlichere Spur. Tritt fest auf und nimm noch die durchgeschwitzten Hemden von Bob und mir mit.« Justus zog sich bereits sein T-Shirt aus und reichte es Peter. Dann forderte er Bob auf, das Gleiche zu tun. »Auf diese Weise geht der Hund dir nach.«

»Sehr schön«, klagte Peter. »Und was mache ich, wenn er mich hat?«

»Du wirst ihm entkommen«, beschwor Justus ihn. »Wir müssen versuchen, vor dem Hund auf den Flugplatz zu kommen. Dort werden viele andere Gerüche sein – und er verliert uns! Los, der Platz muss in dieser Richtung liegen.«

Die drei ??? teilten sich und machten sich eilig auf den Weg. Für ein paar Sekunden hörten Bob und Justus noch Peters Schritte, dann war ihr Freund im Gebüsch verschwunden. Sie selber arbeiteten sich so schnell vorwärts, wie sie konnten.

»Glaubst du wirklich, das klappt, Just?«, fragte Bob zweifelnd.

»Wenn es nicht klappt, wäre es ziemlich blöd«, murmelte Justus.

Sie hasteten weiter. Wenig später tauchte vor den beiden Freunden ein steiles Stück Felsen auf.

»So ein Glück«, jubelte Justus. »Auf den Steinen kann der Hund unsere Fährte nicht verfolgen.« Er kletterte auf den ersten Felsbrocken und reichte Bob die Hand. Nach wenigen Schritten standen die beiden oben.

»Mensch!«, staunte Bob. Tatsächlich hatten sie die Kuppe des Hangs erreicht. Und vor ihnen breitete sich der gewaltige alte Flughafen aus.

Im selben Moment erschien zehn Meter unter ihnen der Lastwagen. Auf der Ladefläche lag der riesige Plastiksack – und auf dem Sack hockte schweißüberströmt Peter.

Justus stieß einen kurzen Pfiff aus. Erschrocken sah ihr Freund auf. Aber dann erkannte er Justus und Bob und winkte ihnen zu. Mit heftigen Zeichen bedeutete er ihnen, zu ihm herunterzuspringen, wenn der Laster unter ihnen vorbeifahren würde.

Justus und Bob nickten. Sie kletterten noch ein Stück über den Felsen und duckten sich hinter einem Gebüsch. Als der Laster unter ihnen den Berg entlangfuhr, stießen sie sich ab und sprangen. Mit einem deutlichen Plumps landeten sie neben Peter auf dem Plastiksack.

Ihr Freund hob den Kopf und spähte nach vorne. Aber der Fahrer schien nichts bemerkt zu haben.

»Wie kommst du denn hierher?«, fragte Bob.

Peter grinste schief. »Justus hatte recht.« Er drückte den beiden ihre T-Shirts in die Hand.

»Der Hund ist tatsächlich hinter mir hergelaufen. Und er war verdammt schnell. Aber dann lag plötzlich die Straße unter mir und der Laster stand da. Der Fahrer war ausgestiegen und hat in den Büschen gepinkelt. Ich habe mich hinter ihm vorbeigeschlichen und bin auf den Laster geklettert. Und als der Hund auftauchte, stand er plötzlich direkt vor dem Fahrer.« Peter kicherte. »So ein Glück, ich habe schon gedacht, er kriegt mich.«

»Und dann?«, wollte Justus wissen.

»Der Fahrer hat den Mann aus dem Wachhaus angerufen. Der kam und ist mit seinem Hund abgezogen.«

Die drei ??? lagen so flach wie möglich auf dem

Sandsack und lachten leise. Wenige Minuten später rollte der Laster auf eine der großen Flugzeughallen zu. Bob hob den Kopf. »Seht mal«, flüsterte er. Über der Halle stand in mächtigen Lettern *Hangar 51*.

»Das ist ein gutes Zeichen«, flüsterte Justus.

»Warum?«, wollte Peter wissen.

»Area 51, so hieß doch das NASA-Gelände, wo sie die UFO-Versuche durchgeführt haben«, sagte Justus. »Also, mal sehen, was uns dadrin erwartet.«

Kosmische Wüste

Unmittelbar nachdem der Laster im Inneren zum Stehen gekommen war, ließen sich die Freunde an der Seite hinabgleiten und huschten in den Schatten. Am Rand der gewaltigen Halle versteckten sie sich hinter einer Rolle dicker Kabel.

»Hier ist nichts Ungewöhnliches zu sehen«, meinte Bob enttäuscht. Tatsächlich standen nur ein paar Maschinen herum und hier und da lagen Kabel und altes Bauholz.

»Laden Sie ab!«, erklang eine Stimme am Laster. Der Fahrer brummte etwas. Dann stieg er aus und bediente den Kran. Fünf Minuten später stand der große Sack auf dem Boden. Der Fahrer stieg wieder ein und fuhr ab.

»So ein Mist«, flüsterte Peter. »Hier sieht es nach nichts aus und ohne den Laster kommen wir hier nie wieder weg!«

Kaum aber hatte der Wagen die Halle verlassen, flammten mächtige Scheinwerfer an der Decke auf.

Den drei ??? stockte der Atem. Die gesamte hintere Hälfte des Hangars war ein gewaltiges, tiefrotes Sandmeer. Hügel und ganze Felsmassive ragten auf. Und was noch unglaublicher war, hinter der roten Felswüste leuchtete schwarz das Weltall. In diesem hing, sehr weit entfernt und sehr klein – die Erde.

»Wahnsinn«, flüsterte Bob. »Da kriegt man ja echt das Gefühl, auf dem Mars gelandet zu sein. Eine tolle Kulisse!«

»Ja! Und jetzt wird mir auch einiges klar«, sagte Justus leise. »Das Ganze ist ein gewaltiges Täuschungsmanöver.«

»Aber wozu denn nur?«, fragte Peter. »Wenn Flaw doch schon ein Raumschiff erfunden hat, warum fliegt er dann nicht einfach in echt damit?«

»Bestimmt ist es zu teuer«, vermutete Bob. »Ihr habt doch gesehen, was in Rocky Beach los ist. Sie verkaufen ihr Mars-Programm an jeden Einwohner. Das Ganze ist eine riesige Geldmaschine.«

Justus nickte wütend. »Und deswegen stellen sie uns in ihrem Sender als dumme, arme Trottel dar. Nur, damit sie daran reich werden!«

Im selben Moment durchdrang das Heulen einer lauten Sirene den Hangar. Dann rief eine Stimme über Lautsprecher: »Bereit zur Landung. In anderthalb Stunden ist es so weit. Mr Flaw, bitte jetzt aus der Maske.«

»Maske.« Peter stöhnte. »Das klingt ja wirklich wie eine richtige Fernsehshow.«

»Das *ist* eine Fernsehshow«, sagte Justus. »Guckt mal, da oben.« Er zeigte zur Hallendecke, wo eine Raumschiffkapsel hing, in der bequem ein Mann Platz hatte. »Ich wette, in dem Ding haben wir am Sonntag Mr Flaw auf den Mars blicken gesehen.«

Bob beobachtete die Marsoberfläche. »Aber wozu haben sie den frischen Sand geholt?«

»Das werden wir sicher gleich sehen.« Justus blickte zu einem Trupp Männer, der vom anderen Ende der Halle näher kam und sich gleich darauf an dem Sandsack zu schaffen machte. Neben ihnen stand Mr Spout.

»Das kommt unter die Düsen«, verkündete er. »Wenn die *Mars One* landet, muss Staub aufwirbeln. Verteilt das gut, darin müssen Flaws Fußabdrücke sichtbar sein.«

»Mr Spout«, rief einer der Männer. »Was ist mit dem abgebrochenen Greifarm?«

»Sie sind ein Schussel, Greg«, dröhnte Spout. »Schweißen sie endlich den Ersatz an. Da hinten in dem Schrotthaufen liegt das ganze Zeug von dem alten Trottel, für das wir viel zu viel Geld bezahlt haben.«

Der Mann machte sich an die Arbeit. Er ließ das Raumschiff hinunter und suchte dann in einem Schrotthaufen herum. Wütend sah Spout ihm zu.

Hinter ihm kam ein Mann an, der bis auf den Helm in einem Raumanzug steckte.

»Aber Everest«, rief er Spout zu. »Dafür waren die drei Jungen in dem Film Gold wert. Wie du die Szene zurechtgeschnitten hast, war spitze. So viel Glaubwürdigkeit hätte meine alte Putzfrau alleine unserem Projekt niemals verliehen!«

»Das muss Mr Flaw sein«, flüsterte Bob.

Spout lachte. »Das ist wahr, Matthew. Die Zuschauer haben ja fast geweint vor Mitleid. Wir haben inzwischen in Rocky Beach über 500 TV-Abonnements verkauft. Das Geschäft brummt. Der dumme Gemischtwarenhändler und dieser Norris bringen uns auch eine Menge Kohle ein.«

Mr Flaw nickte. »Das bedeutet, der Versuchsballon ist erfolgreich gestartet. Die Landung gleich geht dann in den ganzen USA über den Bildschirm?«

Spouts eisblaue Augen glänzten kühl. »Genau. Es ist so einfach, der Welt ein Märchen zu erzählen, wenn sie es glauben will. Die ganze Nation wird denken, dass Mr Matthew Flaw als erster Mensch seinen Fuß auf den Mars setzt.«

»Die Suppe werden wir euch noch versalzen!«, zischte Justus leise.

»Bist du so weit?«, wandte sich Spout jetzt an Flaw.

Dieser nickte. »Wenn mein Schiff von der

NASA gebaut worden wäre, hätte es nicht echter ausgesehen. Aber jetzt werden wir genug Geld machen, um einen echten Marsflug auszurüsten. Und dann gehört uns der ganze Planet. Wir werden ihn in Besitz nehmen und seine Bodenschätze ausbeuten!«

»Keine Sorge«, rief Mr Spout, »mit meiner Fernsehtechnik wird alles so echt aussehen, dass niemand den kleinsten Unterschied bemerkt.«

Flaw lächelte selig. Dann drehte er sich um. »Bis gleich, wir sehen uns auf dem Mars!« Er ging zu einem großen Ständer am Rande der Halle, auf dem mehrere Raumanzüge hingen, und nahm sich dort einen Helm.

Marslandung

»Unglaublich«, flüsterte Peter.

»Die manipulieren die Fernsehzuschauer ohne Hemmung«, sagte Justus. »Sie beeinflussen das, was wir denken sollen! Das ist kriminell. Wir müssen diesen Gangstern das Handwerk legen.«

»Aber wie?«, fragte Bob. »Sollen wir vielleicht den falschen Mars erobern? Als kleine grüne Männchen mit Strahlenkanonen?«

»Bob, das ist eine super Idee!« Justus schlug seinem Freund auf die Schulter. »Genau das machen wir!«

»Wie bitte?« Peter wurde bleich. »Wir sind keine kleinen grünen Männchen. Und ich wüsste auch nicht, wie wir hier irgendwas erobern sollen. Wir mussten schon vor dem Hund wegrennen und das war knapp. Hier drin sind mindestens zehn Erwachsene. Wir haben keine Chance.«

»Alles nur eine Frage des richtigen Timings«, sagte Justus gelassen. »Wenn wir zum richtigen

Zeitpunkt das Richtige tun, können uns auch hundert Leute hier drin nicht aufhalten, weil wir gleichzeitig zehntausend andere auf unserer Seite haben.«

Bob und Peter sahen Justus an, als wäre er verrückt geworden. Dann zischte Peter: »Kannst du das bitte noch mal für Normaldenker erklären?«

Justus lächelte. »Natürlich. Mr Spout hat doch gesagt, dass sie ihre Marssendung live übertragen. Und ich wollte immer schon mal live ins Fernsehen.«

»Du willst … was?« Peter stand der Mund offen. »Aber dann sehen dich doch alle.«

»Eben«, sagte Justus eindringlich. »Überleg doch mal. Wenn wir uns im richtigen Moment zeigen, dann sehen uns auch alle Zuschauer. Dann können wir ihnen die Wahrheit sagen und sind gleichzeitig sicher geschützt durch die vielen Augenzeugen.«

»Die sich natürlich fragen, was aus uns wird, wenn sie hier aufhören zu senden.« Bob nickte begeistert. »Du hast recht, Just, das ist eine ziemlich geniale Idee.«

»Ich finde es eher ziemlich durchgeknallt«, ächzte Peter. »Die machen doch Hackfleisch aus uns!«

»Aber frühestens nachdem wir ihnen richtig schön Saures gegeben haben«, grinste Justus.

»Okay«, sagte Peter ruhig. »Aber wie sollen wir da rüberkommen, vor die Kamera, ohne dass uns jemand einfängt?«

Justus überlegte nicht lange. Er deutete auf den Ständer mit den Raumanzügen. »Wir verkleiden uns als Astronauten. Darin erkennt uns niemand. Im Gegenteil, sie werden denken, wir gehören zu ihrer Filmcrew.«

»Du willst mitten durch die Leute hier durchspazieren?« Peter war jetzt käseweiß.

»Es ist der einzige Weg«, sagte Justus. »Und den werden wir nehmen!«

Die drei ??? schlichen sich zu den Raumanzügen und nahmen drei von der Garderobenstange. Bob stieg, so schnell er konnte, in einen der sperrigen Anzüge und setzte zuletzt den großen Helm auf. »Das sind keine echten Anzüge«, flüsterte Peter.

»Attrappen«, bestätigte Justus. »War doch klar.« Er steckte inzwischen selber in seinem Anzug und sah aus wie ein silberner Mondbesucher. Zum Glück

waren die Anzüge so steif und fest, dass sie die drei ??? größer erscheinen ließen, als sie in Wirklichkeit waren.

Peter schloss seinen Helm und sah sich um. Die Techniker der Filmcrew standen vor dem Marsgelände und richteten verschiedene Kameras, Scheinwerfer und Maschinen ein. Auch das Raumschiff wurde wieder in die Höhe gezogen.

»Wir legen los, sobald Flaw den angeblichen Mars betreten hat«, gab Justus das Kommando. »Und zwar müssen wir von hinten kommen. Vorne könnte uns jemand aufhalten.«

Nacheinander traten die drei ??? aus dem Schatten und liefen am Rand der Halle Richtung Marsgelände. Justus hatte recht gehabt. Als sie aus dem Schatten ins Licht traten, wendeten sich ihnen einige Köpfe zu. Aber keiner der Männer achtete weiter auf die drei ???. Die Anzüge mit den dunklen Scheiben vor den Gesichtern schützten sie perfekt vor der Entdeckung.

Nach einigen Metern erreichten sie die rote Fläche. Neben ihnen waren Techniker dabei, den Sand aus dem großen Sack vorsichtig über die künstlichen Felsen zu verteilen. Über ihnen schwebte das Raumschiff an schweren Stahlseilen.

Plötzlich kicherte Justus. »Freunde«, verkündete er, »ich wette um eine Tonne Kirschkuchen, dass wir für die größte Überraschung im Fernsehen seit der Erfindung der Raumfahrt sorgen werden!«

Schritte auf dem Mars

Die drei ??? sahen sich vorsichtig um. Keiner der Anwesenden achtete auf sie und so schoben sie sich schnell hinter einige große Felsbrocken. Plötzlich zeigte Bob in die Höhe. »Seht mal, die Kapsel kommt runter.«

Vor ihnen wurde das Raumschiff langsam herabgelassen. Dann bestieg Mr Flaw das Schiff.

»Sobald er aussteigt und den Mars betritt, sind wir dran«, flüsterte Justus.

»Noch zehn Minuten«, verkündete eine Lautsprecherstimme. »Alle ihre Positionen einnehmen.«

Die Männer verteilten sich. Die Marsoberfläche lag jetzt verlassen da und leuchtete rot gegen das schwarze Weltall.

Im selben Moment trat Everest Spout vor eine Kamera. »Liebes Publikum«, hob er an. »Und hier sind wir wieder live aus *Cape Rocky Beach*! In wenigen Minuten ist es so weit. Matthew Flaw wird als erster Mensch den Mars betreten. Wir schalten jetzt zu Bud Norris in die *Mars-Bar*. Bud, wie sieht es aus bei euch?«

Auf einem großen Bildschirm erschien ein strahlender Bud Norris in seiner *Mars-Bar*. »Es ist einfach unglaublich«, verkündete er. Neben ihm standen Mr Porter und Kommissar Reynolds und nickten. »Die Stadt ist im absoluten Mars-Fieber!«

Laute Rufe wurden hörbar und Mr Porter schwenkte eine amerikanische Fahne, auf der zusätzlich der Mars abgebildet war.

»Rocky Beach – Verzeihung, *Cape Rocky Beach*«, brüllte Norris, »grüßt die USA!« Er führte eine Dose *Mars-Coke* zum Mund und trank einen großen Schluck, der ihm über die Lippen schäumte.

»Danke, Bud«, rief Spout und machte ein gespanntes Gesicht. »Und nun, liebe Zuschauer, zum letzten Mal vor der Landung. Schalten auch Sie die Konferenzschaltung frei. Für nur 150 Dollar können Sie dabei sein. Werden Sie Zeuge des größten Ereignisses der modernen Geschichte! Erleben Sie die Eroberung des Roten Planeten!«

Spout sah hinter sich und bekam von einem Techniker ein Zeichen. »Ich schalte jetzt direkt in die Raumkapsel zu Matthew Flaw, einem mutigen Astronauten, allein in den Tiefen des Weltraums. Matthew, wie fühlen Sie sich?«

Auf dem Bildschirm erschien Flaw in der Raumkapsel, mit der er in der Schwerelosigkeit zu schweben schien. »Danke, Everest, es geht mir gut.« Hinter ihm im Bullauge war der Mars zu sehen.

»Ich werde irre«, flüsterte Peter. »Das sieht vollkommen echt aus.«

»Noch fünf Minuten, dann zünden die Landeraketen«, rief Flaw und schnallte sich auf seinem Pilotensessel fest. »Der Mars ruft!«

In dem Moment ruckte das Schiff wild von rechts nach links. Die drei ??? sahen, wie es an den Stahlseilen hin und her gezogen wurde. Aus den Lautsprechern hörte man ein Rauschen und Pfeifen und plötzlich erklang die amerikanische Nationalhymne.

Spout salutierte und auch Flaw legte die Hand an den Helm.

Plötzlich wurde die Raumkapsel von einem gewaltigen Ruck erschüttert. Und sofort danach rauschte der Mars im Bullauge in rasender Geschwindigkeit näher. Flaw wurde in seinen Sitz gepresst. »Landung in fünfzehn Sekunden«, stieß er mühsam hervor. »In neun, in acht ...«

»Wahnsinn«, flüsterte Bob. Gebannt sahen die drei ??? auf dem Bildschirm zu, wie die Kapsel landete – und im selben Moment an den Stahltrossen auf dem künstlichen Mars aufsetzte.

Unmittelbar darauf öffnete sich die Luke und Matthew Flaw steckte seinen Kopf ins Freie. »Der Rote Planet«, verkündete er ruhig, »liegt zu meinen Füßen. Ich bin jetzt bereit, ihn zu betreten.« Und das tat er. Er sprang auf den Boden und eine kleine Staubwolke stob auf.

»Auf dem Bildschirm sieht es aus, als wäre er viel leichter«, meinte Peter. »Starker Effekt.«

»Eher ein starkes Stück«, rief Justus und fügte hinzu: »Jetzt sind wir dran!«

Gemeinsam erhoben sich die drei ??? hinter dem Felsen. Zu den Worten von Spout: »Was für ein Gefühl ist es, als erster Mensch auf dem Roten Planeten zu stehen?«, marschierten sie mit großen Schritten auf Flaw zu und winkten heftig.

»Was …?« Mr Spout starrte fassungslos auf den Bildschirm. Dann zischte er seine Techniker an. »Welche Idioten sind das? Wir sind mitten in einer Liveübertragung!« Er guckte wieder in die Kamera. »Matthew!«, rief er hastig. »Ihr Bodenpersonal scheint doch schon vor Ihnen angekommen zu sein, die *Mars Two* ist offenbar schon vorher gelandet!«

»*Mars Two*? Was, äh, wovon reden Sie, Everest?«, stotterte Flaw. »Es gibt keine, äh …« Er drehte sich um und sah die drei ??? auf sich zukommen.

»Hallo, Mr Flaw!«, rief Justus. »Willkommen auf dem Mars!«

Justus riss sich den Helm vom Kopf und sah in die Kamera. »Hier kann man wunderbar atmen. Es gibt Sauerstoff in Hülle und Fülle, obwohl es ja immer heißt, die Atmosphäre auf dem Mars bestünde nahezu nur aus Kohlendioxid. Oder ist das etwa gar nicht der Mars? Bob, Peter, was meint ihr?«

Justus' Freunde rissen sich ebenfalls die Helme herunter und holten tief Luft.

»In Wirklichkeit«, rief Bob, »stehen wir nicht auf dem Mars, sondern in einem Filmstudio auf dem alten Flughafen in Santa Monica.« Er trat auf einen riesigen Felsbrocken zu und hob ihn mühelos in die Höhe. »Das ist alles Pappmaschee«, rief er grinsend in die Kamera.

»Ja«, rief jetzt Peter und ließ eine Handvoll roten Sand durch seine Finger rieseln. »Und das hier ist nicht der Marsboden, sondern feinster Tennissand der Firma *Courtworld*.«

Hinter der Kamera blickten sie die fassungslosen Gesichter von Spout und seinen Helfern an.

Justus winkte ihnen zu. Dann sagte er laut und deutlich: »Wenn Sie also Sendungen von *Mars-TV* abonnieren wollen, seien Sie sich bewusst, dass Sie niemals Bilder vom Mars empfangen werden, sondern nur Studioaufnahmen von der guten alten Erde.«

Er ging zur Raumsonde und brach den Greifarm ab, den der Techniker vorhin angeschweißt hatte. »Diese Raumsonde hier ist aus Schrott gebaut. Schrott aus dem Titus-Jonas-Gebrauchtwarencenter in Rocky Beach. Jetzt sehen Sie, wozu Schrott gut sein kann!« Er lächelte breit. »Und im Übrigen – weder meine Freunde noch ich waren je bedrückt oder traurig, auf einem Schrottplatz zu Hause zu sein. Im Gegenteil, für uns sind die Wertstoffe, die mein Onkel verkauft, viel wertvoller als alles, was Sie hier gerade sehen. Denn im Titus-Jonas-Gebrauchtwarencenter in Rocky Beach werden Sie garantiert nie betrogen!«

Mr Flaw stand der Mund offen. Er rollte mit den Augen, dann kniff er sich plötzlich in die Nase und schüttelte den Kopf. Hilflos sah er zu Spout und rief unvermittelt: »Die NASA hat mich rausgeschmissen, ich brauche das Geld!«

»Halt deinen Mund!«, brüllte Spout.

Aber Mr Flaw schüttelte sich plötzlich vor Lachen, als wäre er verrückt geworden. »Geld, Geld, Geld«, brüllte er. »Geld regiert die Welt! Wir wollten den Mars zu Geld machen! Was für eine geniale Idee!«

»Aus, aus! Macht die Kameras aus«, rief Spout mit erstickter Stimme. Doch es war zu spät. Die drei ??? sahen auf dem Bildschirm, dass ihre Gesichter immer noch landesweit übertragen wurden.

»Tja«, sagte Justus leise. »Die Reise zum Mars ist damit wohl zu Ende.«

Weltraumschrott

Zwei Tage später waren die drei ??? auf dem Schrottplatz. Justus war dabei, die Muscheln, die er vor wenigen Tagen ausgelegt hatte, sorgfältig zur Seite zu räumen.

»Und dein Onkel braucht wirklich den ganzen Platz?«, wollte Peter wissen, der wieder in seinem Lieblingsautositz lümmelte. »Wozu denn?«

»Das hat er mir nicht gesagt. Er ist im Moment unterwegs«, stöhnte Justus. »Aber es wäre nicht schlecht, wenn du mal mit anfassen würdest. Ich habe nämlich keine Lust, das alles alleine wegzuräumen.«

Peter lachte. »Schade eigentlich, dass wir nicht auf dem Mars leben. Bei der niedrigeren Schwerkraft wäre es viel leichter, die paar Kilo Schrott zu bewegen. Wir würden es machen wie Bob im Fernsehen, als er den Felsen in die Höhe gehoben hat!«

Bob kicherte. »Kommissar Reynolds hat gesagt, ich hätte ausgesehen wie Superman persönlich.«

Justus runzelte die Stirn. »Zum Glück waren Tante Mathilda und Onkel Titus nicht in Norris' Bar, sonst hätten sie bestimmt einen Herzanfall bekommen. Und zum Glück hat Reynolds sofort geschaltet, Bud Norris verhört und dann ein Einsatzkommando zum alten Hangar geschickt.« Er lächelte vergnügt. »Ich würde sagen, mein Plan ist hundertprozentig aufgegangen. Und das heißt doch, er war einfach ziemlich genial.«

»Eingebildet bist du überhaupt nicht!« Peter stand auf. »Wenn der Kommissar nicht dafür gesorgt hätte, dass Flaw und Spout festgenommen werden, hätten wir ganz schön dumm aus der Wäsche geguckt.«

Ein tiefes Lachen unterbrach die Diskussion der drei ??? und hinter ihnen tauchte der Kommissar im Tor des Gebrauchtwarencenters auf.

»Meine liebe Spezialeinheit«, rief er gut gelaunt, »wie ich höre, haltet ihr noch eine nachträgliche Einsatzbesprechung ab.« Er ließ sich in Peters Autositz fallen. »Ah, tut das gut. Ich war viel unterwegs und mir tut das Kreuz weh. Flaw und Spout sitzen wegen Betrugs hinter Gittern. Das war wirklich ein nach allen Regeln der modernen Medienkunst ausgeklügelter Plan. Die beiden wollten nach und nach immer mehr Abonnements für ihr *Mars-TV* verkaufen und gleichzeitig Bars und Andenkenläden eröffnen.«

Kommissar Reynolds fasste sich an die Nase. »Die Leute glauben ja fast alles, was sie im Fernsehen sehen. Es ist wirklich unglaublich.«

Er sah Justus an. »Übrigens, was deine Tante und deinen Onkel angeht: Ich habe den beiden gesagt, dass ihr drei mit mir bei einer Fernsehshow gewesen seid und dass ich dabei zufällig dem Schwindel auf die Spur gekommen bin. Ihr müsst euch also keine Gedanken machen.«

»Puh.« Justus stieß die Luft aus. »Danke, Kommissar.«

Reynolds lächelte. »Ich habe euch zu danken! Ach so, ich habe aber leider noch eine schlechte Nachricht für euch.«

Erschrocken sahen die drei ??? auf.

Der Kommissar nickte. »Das Gericht hat verfügt,

dass das gesamte Inventar des alten Flughafens verkauft wird, und ich habe mich dafür eingesetzt, dass dein Onkel den Zuschlag bekommt. Er hat für nur einen einzigen Dollar die gesamte Marsausrüstung von Spout erworben. Die Lastwagen mit den Sachen müssten bald eintreffen.«

»Das ganze Zeug?«, rief Peter. »Auch der viele Sand?«

Reynolds erhob sich. »Nein, der Sand nicht. Aber ich fürchte dennoch, auf euch wird einiges an Umräumarbeiten zukommen.«

»*Deswegen* wollte dein Onkel, dass wir Platz schaffen!« Bob fasste sich an den Kopf. Dann kicherte er plötzlich. »Andererseits sind damit die finanziellen Schwierigkeiten bestimmt erst mal vorbei. Die Leute werden sich um diese Andenken reißen!«

Justus nickte tapfer.

»Jungs«, erklang in diesem Moment Tante Mathildas Stimme. Dann erschien Justus' Tante auf der Veranda, einen dampfenden Kirschkuchen in der Hand. »Der Kommissar hat mir gerade gesagt, dass ihr ihm unfreiwillig bei einer Ermittlung zur Seite gestanden habt. Jedenfalls dachte ich, nach so viel Aufregung könnte euch bestimmt ein Stück guter alter Kirschkuchen nicht schaden, oder?«

Die Augen der drei ??? leuchteten auf. Aber der Erste, der antwortete, war Kommissar Reynolds. »Liebe Frau Jonas«, rief er, »rote Kirschen sind uns allen viel lieber als rote Planeten!«

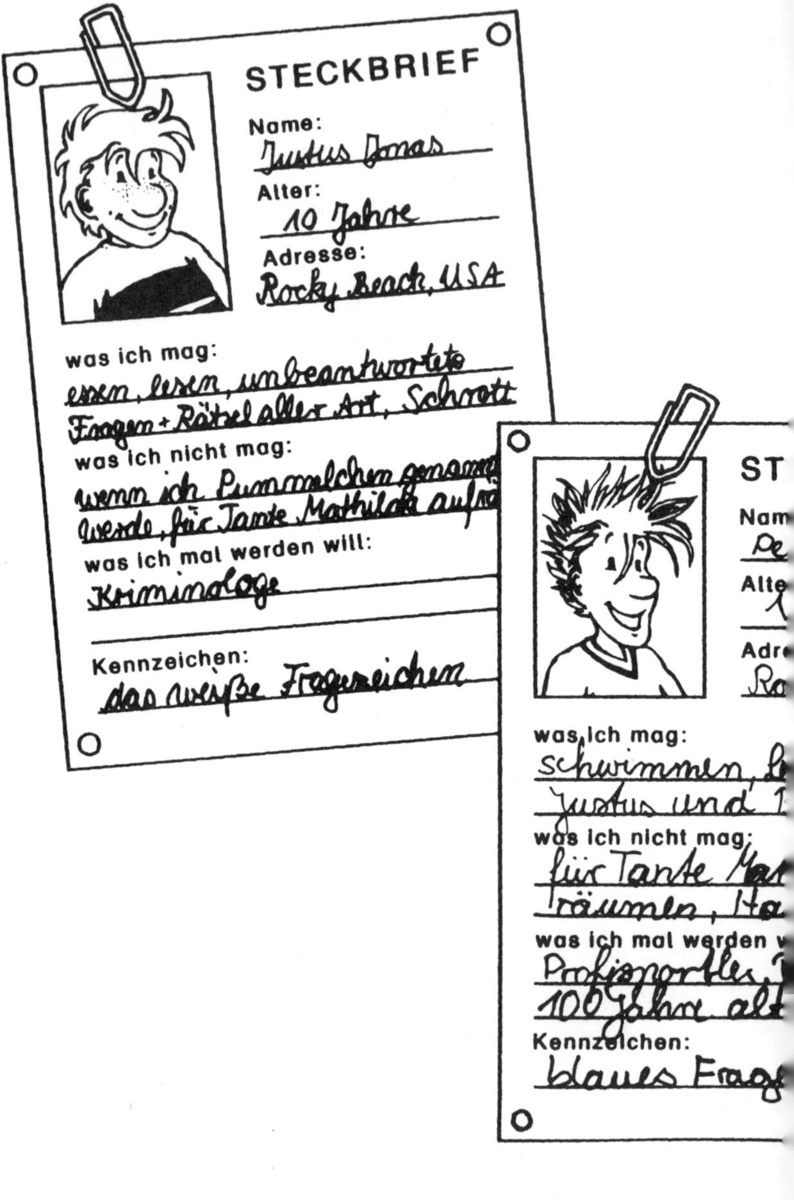
STECKBRIEF
Name:
Justus Jonas
Alter:
10 Jahre
Adresse:
Rocky Beach, USA
was ich mag:
essen, lesen, unbeantwortete
Fragen + Rätsel aller Art, Schrott
was ich nicht mag:
wenn ich Pummelchen
werde, für Tante Mathilde
was ich mal werden will:
Kriminologe
Kennzeichen:
das weiße Fragezeichen
ST
was ich mag:
schwimmen,
Justus und
was ich nicht mag:
für Tante
räumen,
was ich mal werden
100 Jahre
Kennzeichen:
blaues

STECKBRIEF
Name:
Bob Andrews
Alter:
10 J.
Adresse:
Rocky Beach
was ich mag:
Musik hören, ins Kino gehen, in Büchereien stöbern, Cola
was ich nicht mag:
für Tante Mathilda aufräumen, Spinnen
was ich mal werden will:
Reporter und Detektiv
Kennzeichen:
IEF
Jungs, Bitte Schrottplatz aufräumen
Tante Mathilda